说了再见之后，再也没见

万诗语　主编

中国出版集团
现代出版社

曾经我们都以为自己可以为爱情死，其实爱情死不了人，它只会在最柔软的地方扎上一针，让我们欲哭无泪，让我们辗转反侧，让我们久病成医，让我们百炼成钢。

在爱情里，只有一个人会负责保管彼此的记忆，记得彼此多么深爱着对方；而另一个人，会毫不眷恋地往前走。

原来，时间是一个神奇的东西，它让浅的东西越来越浅，让深的东西越来越深。而故事终究这样落幕，后来的后来，我们没有再遇见。

细细搜寻记忆，每个人都有那么一个曾经让你患得患失，如今依旧可以牵动你心弦的人，默默地被你藏在心底的一个角落。或许你已经找到了想等的人以及更好的生活，或许你还在等着命运有一天把他送到你的身边。当你偶然遇到某个熟悉的街角，某个似曾相识的背影，都会让你想起在你年少生命中走过的他，或许你还会淡淡地说一声"哦，他是我的青春"，心里却波澜已起。

我总会在某个日暮西斜的黄昏，偶然想起某个久远的故人，内心有种难以言状的柔情与悲凉。生命里过客匆匆，有些人，或许多年后还会在桥头巷尾重逢，不言语只一个眼神便擦身而过；有些人，落于尘埃深处，此生再不复遇见 。

世间最执着的爱恋，是用最纯粹的心去爱一个人，用尽生命的全部力气去承受。一生里，如果有一次这样爱过，就算爱如夏花，只开半夏，也无怨无悔。

年轻时，我们总以为能遇上许许多多的人，而后来才明白，所谓机
缘，其实也不过那么几次。

目 录
CONTENTS

卷 一 | 那些年，我们一起追的女孩

你终没能温柔我的岁月，但你惊艳了我的时光。如若可以，我愿坐在老戏台下，随着那日日摇曳的时光哭笑沉沦。对你说，亲爱的，我多么幸运，人海中能遇见你。

卷　二　## 那些偷偷爱着的时光，
是一个人完整的爱情

那些曾在指尖轻柔停歇过的微风和染得色彩斑驳的棉花糖，还有粘在猫咪尾巴上的青草色透明水果糖。年少是少年曾经路过的风景，你喜欢的那个人，在年少的时光里，以安静默立的姿势站成不朽的永恒。

卷　三 ｜ 谢谢你，曾经让我爱过你

我以为终有一天，我会彻底将爱情忘记，将你忘记，可是，忽然有一天，我听到了一首旧歌，我的眼泪就下来了，因为这首歌，我们一起听过。

卷 四 | **趁我们都年轻，趁我还爱你**

> 青春就像是一场大雨，淋过，干透，看似什么都没有，却殊不知，那些痕迹，已牢牢占据在你的心底，而且残留下的，总是美好而又清澈。

卷 五 ｜ 我爱你，即使没结局

一生至少该有一次，为了某个人而忘了自己。不求有结果，不求同行，不求曾经拥有，甚至不求你爱我。只求在我最美的年华里，遇到你。

卷 六 | 睡在回忆里的风景

我们不停地翻弄着回忆，却再也找不回那时的自己。

有些爱，会永远留在心底。它们不能用语言去形容，不会随时间而变色。我能做的，只是问一句：好久不见，你还好吗？这个句子里所包含的是一种承诺，他们要对方承诺，也承诺对方，要好好的生活。

　　每个人的生命中都会出现这么一个人，他不是你的恋人，也不是你的知己，或许在他的世界里，已不记得曾出现过你这么一个人。但是，在你的心中，他依然占据着很重要的位置，无论过了多少年岁，只要回忆起想起他，你依然是微笑的样子。

　　他出现在你最青涩的年华里，那时的你，青涩到连承认喜欢一个人都会觉得害羞；又或许，你还不知道喜欢上一个人是什么感觉，可就在这个时候，那个人忽然就出现了。

　　少年时候，我们喜欢一个人，如果对方也喜欢你，是我们能想到的最美好的事，那是一种单纯的喜欢，单纯得没有一点瑕疵。你斗志昂扬，无畏无惧，你逆着人潮走向他，就好像你们必须相爱。此时，现在，一刻也不能等。

　　也或许，你很喜欢一个人，却明明知道你们不可能走到最后，最可怕的就是你明明知道这一点，却没办法改变它。每一场青春都很相似，每个人的故事却又不近相同。

　　我们永远不会忘记那种感觉，相信每一个走过青葱岁月的人，都会记忆犹新。在那美好的日子里，手牵着手漫步于青涩时光，那颗懵懂的心，甜蜜也曾忧伤。那份单纯，唯美也曾苦涩，成了我们永存心底的眷恋，是用一生也难以忘怀的记忆。

　　一种朦胧的情感，在情窦初开之际，那种怦然心动的喜欢，只是一种感觉。而恰是这种朦胧的感觉，让青春的爱恋变得含蓄而隽永，令人回想和难忘，仿佛那种感觉赋予了青春存在的意义。

那种爱恋好似青涩的果实，酸涩中带着甜蜜的味道，清醇中沉淀透明的情感，悄悄泛起丝丝涟漪。也正因为它的青涩，才会显得那样的珍贵，它的美不似成熟的艳丽炫耀枝头，不似盛夏的雨幕酣畅淋漓，而是青中泛红的羞怯，甜中微苦的滋味。

青春的爱恋是美的，美得夺目，美得绚丽。当羞怯的风把那层淡淡的青涩，如雾般吹散的时候；当那夺目的青中泛红的舞动，不再是一种可以炫耀的资本的时候；当燃烧的激情被现实的冷酷，无情熄灭的时候；最终，变成一种凄美的相守，然而相爱容易相守却很难。

那时候我们不懂爱情，等到懂得爱情的时候，爱情已经远去了。于是，我们带着遗憾说，我们总在最不懂爱情的时光，遇见最美好的爱情。

美好的事物永远是短暂的，有些东西我们无法左右，终是避免不了离别。就让我们静静地走过每一寸光阴，将流逝的深情珍藏在心灵深处，任由岁月将它转化为越来越浓的醇香，悠远绵长。

我们怀念青春，更怀念初恋时那纯净的心灵，那是我们内心深处最本真的风景。就在那时，年轻的心有如一阵轻风，在我们最初的相遇里，刻下今生永远无法磨灭的痕迹。可又有谁知道，这种爱，一生也许只有一次。

剪一段月光，织不出你的模样；携一卷浮云，留不下旧时光，旧时光一定是个美人，才让我们念念不忘。在青春的长河里，我们无时无刻不在转身告别，与人，与事，与一段感情。

光阴荏苒，往事如烟，止不住的是那岁月的脚步。还好，我曾经遇到了你，在最美的年华遇见了最美的你。

当时光流转，回望过去，我们才发现，彼此在时间遗失的缝隙里成长，内心慢慢走向成熟。那段岁月终将逝去，我们怀念的，早已不只是那个人，还有那个时候奋不顾身的自己。

爱过之后我们懂得了珍惜，当年轻的爱注定无法重来，趁着我们还年轻，让我们彼此祝福。

直到破茧成蝶的那一天，我们会永远记得，爱你的心，曾经在落英缤纷的季节绽放过。

卷　一

那些年，
我们一起追的女孩

　　你终没能温柔我的岁月，但你惊艳了我的
时光。如若可以，我愿坐在老戏台下，随着那
旧日摇曳的时光哭笑沉沦。对你说，亲爱的，
我多么幸运，人海中能遇见你。

那 些 年 ， 我 们 一 起 追 的 女 孩

只是，我们记得，我们曾经幼稚，我们曾经单纯，我们曾经毫无保留地爱过，
以及我们曾经一起追过的女孩。

许久以前，我们不懂爱情，许久以后，我们定义爱情，故事的最终，爱情在懂与不懂之间徘徊不定，在定义与被定义的狭窄区域埋葬了懵懂的憧憬。

繁华不会为谁停留成一纸春水，萧瑟不会滋生出不被期待的风景，若一切都只如初，那些年，背负的青春模样诉与谁听？谁的年少不曾泼墨成章？

谁的心窝不曾住过一份触摸不到的爱恋？谁的眼底没有为一个心动定格成永恒？

曾经夕阳残落，余晖映照的光影，打过她侧脸的底板，苹果红的

甜蜜是属于初恋的颜色。你挥舞着双臂，站在寒风抚过发端的操场，侧耳倾听她的声音，宛若爱丽丝仙境飘出的袅袅音节，她就是那朵开在清幽山谷令人不敢亵渎的伊人花。

恋慕静女其姝，因其爱而不见，唯有搔首踟蹰。黯然推翻了脑海中翻卷的册册意念，所有的彷徨源于心底的不确定，那个撷取花朵之人会不会是自己？无言地凝视，默默地守护，不自觉地做了童话里的快乐王子，坚持着自己的坚持，即使铅心碎成两半，也要吻过爱人的唇角，用最后的温度拥抱她苍白怯弱的身躯。

只是当时年少，春衫薄过欲念，*潺潺*的心动宛若碧波荡漾，却只能止于萌芽，一弹指就灰飞烟灭。以为终会在拥有了自足自给的勇气之后，还能停留在彼此身侧，拥着过往的曾经，看细水长流，吹过落花，看温婉的旧梦，散落在光洁的额头。

直到临了最初的祈愿，才发现，浮生须臾，恍然不共前尘，留着齐刘海的她的容颜还停留脑海，却是永远回不到最初的白衣飘飘。

那些年，我们一起做过无数的梦，那些年，我们保留着火红的热情，那些年，我们的笑容明亮如朝阳，那些年，我们的眼泪打湿过午夜的青春纪念册。

那些年的我们都不过是蒹葭苍苍的拉风少年。披了一身肝胆，骑

我爱你在摄氏 22 度的天气也会感冒，我爱每晚入睡前你是我最后
一个想聊天的人。我讲这些并不是因为我寂寞，而是当我决定和
你共度下半生时，我希望我的下半生赶快开始。可现在，我会闭
上眼，想着有一天，会有人代替，让我不再想念你。

我们之间的可惜，是最后选择了各自要走的路，你成了别人生命的点缀，而我只拥有过彼此一起走过的一段流年。放弃后是心疼，可我会依然会爱你，纵使寂寞成海。

着自行车游走在学校东门的街道，吹一支响亮的口哨，看着那些如花如朵的女孩躲在梧桐树遮挡的阳光下哼着流年的歌谣，会因为一个眼神的交接，羞红了脸颊。

所有的纯真都留给了头顶的四角天空，笼罩着年轻的悸动。或许兜兜转转，依旧没有送出那封写满了一个名字的信笺，在暗黄的门缝里窥着她自顾自的风景，期待着有朝一日觅得一份她给予的热情。

就这样，乐此不疲地扮演爱情旅者，一步一个脚印，纵使看不到终点，已离开了起跑线，就一心向前飞。

曾许愿，郑重地勾过尾指，时间可以任性地前行，我们却不能罔顾这一场盛世浩大的重逢。

混沌的思维记不得书本上蝌蚪般的公文，参不透那素白纸张刻下的黑白墨迹，却能清晰地忆起那年夏天单车后座她摇晃的双腿，肆意飘扬的发梢传来的淡淡幽香，许久以后的今天，梦里依旧会回到那年斑驳青春途经的小幸福，点点滴滴印在最初与最终永远不曾忘却的流年板上。

没有既定的未来不等于没有描摹过那段专属于年少的未来，所有的思绪最后都停留在幸福边缘，那段勾勒的幸福堡垒里，她是最佳女主角，只是后来，一切失去了期许的模样，她依然是最佳女主，只不过身边的男主已经易了位。

最后的最后，那场青春爱恋里，终于沦为了所爱之人的配角，这场戏码，陪她演过青春之歌的恋恋年华，观望过她一个人的独幕剧，只是料定了开始，却未猜到结局。却只能握过她柔软的掌心，说声祝福。

只是那一年，可还记得那一年，身边如影随形，主意层出不穷的伙伴，在两个人的爱情里有一群的参谋，故事虽然不够甘甜，却是足够丰满，每个人每句台词，都带着最真实的祝福。陪你哭过笑过聊过天的他，一起打游戏一起追女孩的他，所有的他和他都是生命中的不可或缺的存在，将这一季布满荆棘的路途点缀得花香四溢。

等到后来，一切曲终人散，看着曾经恋过的女孩子在婚礼进行曲中牵了别人的手，幸福如花儿般绽放在脸颊，只是一瞬间，恍然明白，这火红的青春，已然散场。

只是，我们记得，我们曾经幼稚，我们曾经单纯，我们曾经毫无保留地爱过，以及我们曾经一起追过的女孩。

我们飞短流长，兵荒马乱的青春，再见。（佚名）

再美好的东西，都有失去的一天；再美的梦，都有苏醒的一天；再爱的人，都有远走的一天；再深的记忆，都有淡忘的一天。爱得深，爱得早，真的不如爱得刚刚好。

如果这一生我可以有 999 次好运，我愿意把 997 次都分给你，只留两次给自己：一次是遇见你，另一次是永远陪你走。

十 五 岁 的 薄 荷 年 华

我知道在遇见你的那一刻，也遇见了光；
在那时，你不经意的一句话，一个眼神，成为我依恋的线索；
你给予短暂温暖，让我听见心花怒放的声音。

　　在有你的那段时光里，每一天都是晴朗的，开心的心情像是暖暖的丝绸，与我紧紧相依。

　　或许就是这样吧，时光给我们开了一个大大的玩笑。一年半前，写给你的那份留言，直至今日才再次见到阳光。

　　同样地，收到你的留言，那颗已经被时光冲刷得有些微凉的心情，也再次迸发出温热。而那些刻在时光上的烙印，也拂去一抹淡淡灰尘。一点一点，一滴一滴，那份回忆似流水般再次在脑海中汇聚起来，慢慢地变得汹涌，变得狂暴……

　　初三，那个阳光算不上明媚，也没有微风，没有花开的，一个平淡的下午，在乳白色的教室中，你的一声"组长好"显得清朗，那一刻我们第一次见面了。那时的你就像一株淡黄色的波斯菊，阳光，自信，爽朗，活跃……你的每一步伐都踩在舞点上，淡淡的风裹挟着暖暖的清香，这就是你给我的第一印象。又不知我在你的心中是什么样的形象，那段时间竭尽全力地表现着自己，希望在你的心中也可以留下淡淡的痕迹。

　　我想或许是我成功了，当你轻轻地牵着我的那一刻，仿佛苦尽甘来，世界也伴随着我旋转，我多么多么希望那一刻就是永远。

　　以后的一段时间里，我们并行于走廊里，周转在奇奇怪怪的实验室中，躺在浅浅月光下的草地上，听着你的歌，品读着你的故事……然而一切来得太过突然，太过不可预知。

　　在没有任何原因，没有任何理由的时候，我们的关系开始一点一点地破裂，毫无征兆地……然后就没有了结果，然后就没有了然后……

　　我知道在遇见你的那一刻，也遇见了光；在那时，你不经意的一句话，一个眼神，成为我依恋的线索；你给予短暂温暖，让我听见心花怒放的声音。

　　我的纸娃娃，你是我荒芜岁月中最亮丽的风景。我曾站在你看不见的角落，默默期待，用我最纯真的如花笑靥，期待你的回眸。纵然多少回的等待，没能在你的心中开出花来，但我依然感谢，因为我曾那么用心地想要与你比肩，看云卷云舒，赏花开花落。

　　感谢十五岁半的青春，感谢青春里的遇见，感谢遇见时的勇气……

　　我们的那段时光已经安然过去。兴许在某个阳光灿烂的午后，听到那首歌时会再次想起那段时光，我希望它犹如薄荷糖融化在心中，柔软地摊开来，你发现有点甜有点凉。但这些都不重要了，因为我们依然可以微笑着奔向下一个年华。（对着星星呐喊）

挽不回落英缤纷，
候不到绿柳花红

我们开始留恋这样的时光，留恋在悲伤的雨季里可以有一只手给我夏天的温暖，留恋一声不响可以默契地坐在一起，将时间的局促停留到永恒。

在那些年华错乱的时间里，我们义无反顾地做出决定。

在所有的蒙昧还未曾表现出它应有的意义时，我们开始想起，这世界真好，然后我们遭遇了生命中的第一次相遇。

男生牵起女生的手，一起走在风烟浪漫的秋天，怀望着空空的房间落满尘埃，时间变得弥足珍贵。

第一次，在没有大人的世界里，我们找到了不一样的东西，那些过往变得不堪一击。

我们开始留恋这样的时光，留恋在悲伤的雨季里可以有一只手给我夏天的温暖，留恋一声不响可以默契地坐在一起，将时间的局促停留到永恒。

　　这样子，我们觉得，我们忽然长大，所有的结果都是美好，所有的决定不出差错。

　　我们固执地以为手心里的温度可以保留到永远。我们这样单纯而认真地规划着未来，幻想着"执子之手，与子携老"的故事。

　　在那些日子里，我们无视所有的目光，以两个人的姿态照管我们的人生，实现我们的诺言。一起吃饭，一起逛街，然后在疲倦时相互依靠，一起说我们不累，我们很幸福。满足而踏实地过着一起的生活，心无旁骛地挥霍着青春，没有悲伤，没有遗憾。

　　我眼中的阳光总是为了一场悲喜交加的年华而生，而这场年华的主角们各自沐浴着阳光的温暖，去寻找一场绚烂的旅程，然后彼此邂逅，相遇，最后相爱，相知，这像是被文字处理过的偶像情节。

　　生命以最朴素的姿态行驶在我们平凡生活的轨迹上。而现在，站在这样一个青黄不接的路口，选择着被选择的道路，我们又被安排在两条不同的平行线上。

　　人生的悲伤，本就不可能是偶然，若是没有一颗敏感的心灵，或是没有经历过一场令人难忘的旅程，那悲伤不过是强说的忧愁而已，而只有当你在人生的旅程中，为了某一段 风景而心存向往，你宁愿抛弃一切，也要追寻时，你才能够明白，人生的悲伤，是一种我们不得不去保留的情绪。

　　就像是离别与遗忘，这样的难以启齿的话题，充满着那种后青春年代淡淡的无奈与苦涩的滋味。

　　人生若只如初见，很多风景都看不见。

　　我们会沉醉在各自闪烁而热情的目光里，但人生绝不会初见，直到现在，我们恐惧遇见，恐惧回到那个路口，品尝等待与被等待的感觉。

　　我们摒弃了羞涩，也失去了勇气。现在，想起那些事，觉得也不过如此。

　　但不管怎样，至少我知道了"要有最朴素的生活，与最遥远的梦想"。

　　我们都在虚度年华，等到意识到光阴的流逝以后，才发现，那一年已经离我们很远了。

　　我们便再也挽不回落英缤纷，再也候不到绿柳花红。就像我们再也没法再遇见那年的男孩和女孩。（嫣然浅笑）

你 可 知 道 我 曾 经 好 喜 欢 你

那棵大榕树四季依旧悠悠地随风舞动，向天空轻轻地诉说着快乐的时光，
漫天云卷云舒，悄悄地倾吐着：我曾经好喜欢你……

　　一个熟悉的声音在叫我，一回头，是他。

　　曾经想象过许多在不同时、不同地、不同景、相同的人，我和他的相遇场景，总是不自觉地燃起小鹿乱撞的情怀。多年没见到他，这一叫，曾经所有的羞涩都化作了一声淡定的"嘿！好久不见！"一转身，才后知后觉到我从脸颊到耳根都在发热发红。对，好久不见了。

　　你长高了，印象中的脸庞轮廓还是那样的眉清目秀，但多了些成熟的气息。在面对那双眼睛时，不会紧张得眼神闪闪躲躲了，热情地直视着，透过眼波让我想起了那些年。

　　温暖的阳光透过院子中央茂密的大榕树，星星点点地砸在地板上。我们总是喜欢在大榕树的怀抱中玩耍嬉戏。捉迷藏、过家家、"三个字"游戏，趴在粗大枝干上说笑，躲在角落里密谋捣蛋，商讨创造新的游戏。不管太阳多么猛烈都玩得不亦乐乎，直到被各自的爸爸妈妈喊回家吃饭，才恋恋不舍地放下手中的泥巴。大院子里的每个角落都充满着我们这群小孩的欢声笑语。

　　春去秋来，阴雨晴空，小孩的眼中都是奇幻美妙的，没有那个叫"大人"的世界的忧愁烦恼。就这样，那些年的夏天，那棵大榕树，见证着我们无忧无虑的童年。

　　直到院子里的一些旧房子要拆，你家搬离了大院，能在一起玩的伙伴少了又少。没有了玩伴们的陪伴，习惯了每天满院子跑大声欢叫的我，倍感孤寂。正是青春荷尔蒙萌发的时期，浓绿的榕叶在微风轻轻地吹拂下，窸窸窣窣地在说着悄悄话，似乎在讨论我的心事。

　　你还没有远离而去，你就在隔壁班。当看到你我会心跳加速时，懵懂的我意识到再也不能像小屁孩一样和你玩耍了。总是期待在上学、放学的路上遇见你，但看到你的身影了又很害羞地匆匆跑开。总是在下课时在走廊驻足远眺，然后故意地转头偷看你与男生们的打闹。总是在文娱节时假装路过篮球场，寻看你打球的身姿。总是在和其他女生聊八卦时不经意间问问你的情况。就这样每一天都怀揣着小心思，在日记里写下对你迷恋的悸动。

后来，我们到了不同的学校，距离远了。我把大量的心思放在了新的学习生活，但在各种繁忙的间隙中，我还是会偷偷地思念你的笑。

后来的后来，通过曾经与你同班的同学，我看到了你的毕业照，最后一排左边第一个，那张青涩的脸庞，激起了心中小小的涟漪，缓缓地，不紧不慢地，多美好。

五年了，就这样自然地相遇了。嘿，真的好久不见。再翻开曾经为你而写的日记，字里行间的幼稚和青涩伴着心弦拨动着。

你听得到那年夏天清风吹送给你的絮语吗？简短的问候、热切的留言之后，各自走向不同的街头，身影隐没在车水马龙之中。

如今，你心中已有了深爱的她，我的他也暖暖地牵着我的手。

那棵大榕树四季依旧悠悠地随风舞动，向天空轻轻地诉说着快乐的时光，漫天云卷云舒，悄悄地倾吐着：我曾经好喜欢你……（佚名）

那 一 年 ， 浮 光 尽 逝 的 虚 影

那一年，有关于青春的笑与泪，都是永恒。

往昔岁月如梦似幻，哭过的、笑过的，都已为陈迹。现在只有忧伤淡淡的轻喃，历经沧桑后的叹息。

曾以为会是永远的眷恋与思念，却遗忘在那个夏日的风铃声中……

那一年，有多少美丽的梦支离破碎。那一年，有关于青春的笑与泪，都是永恒。

悠悠白云数千载。过了多少人，走了多少路，却永远触及不到你的天空，像是彼岸花，不见永远方可到永远，永远的遥不可及…

有人说，五百次回眸一笑，一千次擦肩，为的不是永远在一起，而是永远的别离。

可我只愿执子之手，历巫山沧海，看洞庭云雨。然后终南山植菊，倚冰雪眠尘。轻度流年，与子偕老。奈何不过是若梦浮生…

时光潺潺而流，一切的美好都只是浮光掠影。那短暂的回首，终究躲不过岁月绕指的温柔。

你可曾和我一样，一个人回家，一个人吃饭，一个人说话，一个人……冷了的时候就用左手暖右手……

看天际云卷云舒，览瀚海潮起潮落。有些时候，只是一个人的故事而已……

习惯了黑暗里坐冰冷的地板，倚着厚重的墙壁，静静地想念某个人。我曾说过，不是那个也可以是朋友的。从一开始，我的付出就只是付出，你的回应只是让它有了归属。

然后在某一天，连这归属也不需要了。我仍是我，你仍是你，而我们，却不再是我们。

流年似水，浮光如影。转眼，多少美丽在指缝间滑落，尽逝为尘埃。

轻品香茗，静听花落。那一年，我与你，终归只是一场青春里的镜花水月……（青丝染雪）

那 年 我 们 一 起 去 看 海

我更想牵着你的手，在黎明日出，在黄昏日落，
相依相偎漫步在金色的沙滩上，任海浪舔趾，任海风吹拂，
幸福地陪着你一起看潮起潮落，一直到天荒地老，直到永远，永远……

　　人生如花，终究躲不过似水流年的侵袭，有多少爱的回忆值得珍藏，有多少爱的人值得珍惜，往日那甜蜜如歌的青春爱情岁月，陪伴我度过这些年四海漂泊的春夏秋冬，仿佛就像发生在昨日一样。每当我想起时，心中还是那样的激动不已，暖人心扉。

　　那年的夏天，是我们俩第一次出远门到青岛去看海，这是我们俩第一次近距离亲近大海，在清晨的微微星光中，我牵着你的手，缠绵地踏着柔软的沙滩，迎着那轻柔的海风，闻着那淡淡的海腥味，缓缓地走向海边。

　　海尽头的天边一片霞红，一轮红日极其壮观地跳跃出海平面，

一点一点地跃上天空，那是何等绝美的风景啊！我们俩相拥着，惊叹着，欢呼着迎接这一轮海上初起的太阳。

当朝阳从海平面冉冉升起的时候，那万道金光会让海天一下子变得明亮。海面上无数金鳞跳动，好像众多的游鱼跃出水面，海变得那么活泼，不只是海水中炫目的波纹，还有那一直沉寂的沙滩，还有那刚刚醒来翱翔于海天之间的海鸟……

这一切的美景都牵动着你我少男少女的情怀，让我们的心被这波澜壮阔的海景激荡，让我们那纯真的感情被这辽阔的海感染。

生活中所有的磕磕绊绊，所有的斤斤计较，都已经随着海风吹散，被海景融化，在海浪的涤荡下，情会更纯！爱会更深！

海浪在沙滩上一层一层地漫涌上来，又一层一层地徐徐退去。

我与你一起赤脚携手在洁净柔软的沙滩上奔跑，让那细细的黄沙如水一样流过我们的双脚，在沙滩上留下一个个清晰的吻痕。当我们回首时，那深深浅浅大小不一的两种足迹，会深深地留在我们的心底。

我与你一起在海水中尽情地戏嬉，海浪翻滚，碧海蓝天，一同感受海的胸怀，一同领略海的温情。这无边的海，就如同我们俩无尽的爱，重重地将我们包裹。

　　我与你一起在海滩拣拾海螺，贴在耳边聆听那海的声音，一颗颗海螺，或寻常，或奇异，或平淡，或瑰丽，就如一个个情感的故事。我和你细细地抚摩着海螺背上那精美的纹理，擦拭去所有岁月的风尘，精心地收藏。

　　我与你一起张开双臂去拥抱大海，去感受海的召唤，去享受海的恩赐，去看那海天交汇处，在那天涯海角的地方，深情地对你表白，让大海来见证我们海枯石烂的永恒爱情。

　　我更想牵着你的手，在黎明日出，在黄昏日落，相依相偎漫步在金色的沙滩上，任海浪舔趾，任海风吹拂，幸福地陪着你一起看潮起潮落，一直到天荒地老，直到永远，永远……（菩提树下的沉思）

那 年 ， 我 们 曾 相 遇

彼岸花开似锦，莺飞草长，你年轻灿烂的笑容点燃漫天春光。

　　彼岸花开似锦，莺飞草长，你年轻灿烂的笑容点燃漫天春光。

　　而我却只能在这里寂寞守望，落英缤纷，秋日冗长，我拈花含泪的微笑诠释多少凄凉。爱，如此繁华，如此寂寥。

　　或许，年轻的爱情如演戏一般。戏落幕了，你转身离去，你只是在演戏。而我，还在这里。或许，你也曾哭过，那也只是为戏里的我难过。或许，转身，擦肩，我与你的缘分，也只有这回眸的刹那而已。

　　原来以为，春去春会来，花谢花会开。可后来我才知道，再来的已经不是那个春天，再开的也不是那朵花了。

　　或许，人生大抵如此，错过的就会永远擦肩而过，失去的也永远不会复得。

　　就如你我的相遇，其实结局早已抵达，只是我们浑然不知。擦肩而过，或许不够一生回忆，却足以使所有的年华老去。

　　还记得，那个冬天，漫天雪飞，我们牵手走在粉白的纯洁世界里，我瞥见，在那涩黄的树枝里，有一片枯黄的树叶，狂风中也没能分离出树枝。你，会是我的那片树叶吗？或许，跟随着那片树叶……夜又深了，窗外，月华如水……

　　而此刻，我什么也不敢去想。不敢想皎洁的月光，不敢想旧日的时光，无尽的怀想只能给我无尽的伤。这样的时刻，我只能关了灯，倒上一杯酒，点燃一支烟，开了电脑，可是，不经意间又放起了那首熟悉的老歌。

　　或许，真的没有人知道，此刻的我心里究竟是什么滋味？渴望理解？渴望倾诉？还是渴望再相遇？或许，还是不得不沉默地去面对一页书，一盏灯，或许也只能这样。以一种无可奈何的选择去体验生活。以一种无可奈何的解脱去麻醉落寞。

推开窗，摊开手掌，满指月光，就像你的承诺。只是流年似水，匆匆从指间滑过。于是立定原地，看命运如何写我们之间的一切。暮色四合，天边的浮云已经渐渐暗淡，人走，茶就凉，无边明月照你涉水而过，万丈红尘饰你以锦绣，千朵芙蓉衣你以华裳，为什么你竟一去不回？轻易穿越我一生的沧桑。于是扼腕断指，奋笔疾书：相忘于江湖。

举目四望，偌大的烟水亭畔，只我一人，空对一轮静静的满月。竟是不能不忘。也罢！只是可否如你一般从容地拂袖而去？回忆如能下酒，过往能否当作一场宿醉？醒来时，天是否依旧清亮，风是否依旧分明？而光阴的两岸，从此再无你我，我知你心，谁又知我？或许，无须更多的缠绵，无须更美的语言，我们注定无果，注定了这一场离别。以沧桑为饮，年华果腹，岁月做锦衣华服，于滚滚红尘里，悄然转身，然后，离去。

那年，我们曾相遇，可是聚无尽期。（陆敏）

有 你 的 岁 月 ， 是 阳 光 灿 烂 的 季 节

回首往事，依稀的记忆中，唯独你是那么清晰明了。

　　一个片段，一段温馨的回忆。一次相约，浪漫如七夕。美丽的文字托起一怀难以忘记的深情。你的爱，已飘飞，我的思念还在。回首中，有你的岁月，是阳光灿烂的季节。

　　岁月匆匆的脚步没有停留的时刻，过往的点滴依然存在。心底泛沉的船，载着你漂向了我思念的远方。

　　炎热的盛夏，没有和任何人打过招呼就来到了我们的身边，正如你没有打过招呼一样，就那么悄悄地出现在我的视野中。驻足奔走的脚步，停下急促的呼吸，明眸审视着眼前亮丽的风景。你步履轻盈，窈窕身姿，池塘边上，翠柳之下，婉风轻轻吹动，秀发飘逸的瞬间，

是你清晰的笑容。炯炯的双眼，细细的柳叶眉，团团的脸上镶嵌着浅浅的酒窝，樱桃小口薄薄的嘴唇。

剎那间，你让我心动，心跳加速。我抑制不住加速的心跳，双目随你流动的身姿游走。

树上的知了在不停地唱着属于它们自己的歌曲，没有人能听得懂那内容里究竟在讲些什么故事。断桥残雪上的人越行越少，湖边散步的情侣都找了所谓温馨的港湾继续着浪漫的故事。

夏天的夜，总是有很多动人的故事发生，我拉着你的手漫步在断桥上。斑斑点点的星星点缀着天空，半边的月亮照射着你我，桥上拉长的人影，一半是你，一半是我。我们没有对话，只是手越握越紧，手心里浸满了汗！

月亮在我们的漫步中越升越高，路上的行人越来越少，夜一下子就静了下来。半尺草坪上，是你我背对背靠着的影子。

悠悠的月光照在你我的身上，疲惫的你，躺在我怀里睡熟。此时此刻，梦中你是否也是这样枕着我入睡？答案我无从得知，任凭思绪在黑夜中慢慢游荡，飘离了现实的轨迹。

拥着你的时间总是那么快，天亮了，湖醒了，鱼儿在游，知了唱起了晨歌，晨练的人们陆续到来。晨曦的阳光下，拖着你我长长的影子，手拉手远离了那个夜晚。

钟儿嘀嗒，流浪飞沙，往昔不再。路还要继续着前行的脚步，过去的已然过去，时光不会倒流。走错的路，可以返回；错过的爱，却不再依旧。

回首中，有你的岁月，是阳光灿烂的季节。（落雪）

谁 的 等 待 ， 恰 逢 花 开

在我们的内心深处，都藏着一个人，每次想起他的时候，都会觉得有点心痛，
但是我还是愿意把他留在心底。

遇见你是最美好的事，但是我同样亦卑微到尘埃里。

她自知无法与他并肩一起，但却仍希望他能回头就看见自己的存
在。绕大圈就为经过他的教室，在他面前紧张得无所适从，搜集关于
他的一切，偷偷看他的每一个小细节和动作，在旁人谈论他的时候表
面显得一潭死水，可是内心早已是翻山倒海兴奋不已。睡觉时紧抱的
枕头幻想成是他温暖的手臂。

暗恋，使她无法越过它到达他的面前。或许，也是一段最绝望的
距离。

　　我的心事，连天际的繁星都知晓，唯独你，仍在真相之外。

　　各种各样的爱情秘诀，或许是荒谬的，但在她的眼里却是法宝。一个人偷偷地对着夜空的星星细致地描摹他的名字，都在愿他能看得清楚看见自己的存在。

　　在我们的内心深处，都藏着一个人，每次想起他的时候，都会觉得有点心痛，但是我还是愿意把他留在心底。（佚名）

还 记 得 那 年 你 的 微 笑

你说，你喜欢雨中的新草，它们就像你萌动的心，在晨与昏的距离里，与我靠近。

很想为你做点什么。织条围巾。写一封很温暖的信。很想要你早点回来。陪我看一场雪。我们一起在大雪里堆个雪人。或是打一场两个人的雪仗，像那年冬天一样，你细心地为我抖落身上的雪花。

还记得吗？某年秋天，落叶很美，阳光总是透过玻璃窗挂满我们青涩的脸。

你说，你想做指尖那一缕阳光，每天早晨把温暖穿满我全身，或是躲在云层里，看着我微笑。那时，我倔强地仰起头，脑子里却在幻想一个关于白雪公主的童话。好傻的丫头。

记得那年冬天下了一场很大的雪。雪花纷纷扬扬，就像我们飘摇的梦。偶尔也会下几点小雨，打在落地窗上，嘀嘀嘀……

你说，你喜欢雨中的新草，它们就像你萌动的心，在晨与昏的距离里，与我靠近。你说，你喜欢冬日的蓝天，因为那里有看不到的远方，还有我们纯净透明的小时候。

彼时，我还像个孩子，总喜欢怯怯地躲在你身后，偷听你的心动。

然后，抓一大把时间，在蒲公英飘起的季节，放飞那些关于十七岁的心事。

还记得那首《冬天的秘密》吧？如果我说我真的爱你，谁来收拾那些被破坏的友谊。如果我忍住这个秘密，温暖冬天就会遥遥无期。

于是，那年冬天就封冻了。没了阳光，没了雨滴，没了我们一长一短的身影被灯光拉得老长老长。于是在我们用心墙筑起的洞穴里，你数落寞，我数孤独。不知多久后，你离开了，我离开了。只剩下那间教室，那两张曾经被阳光沐过，被我们打过闹过的课桌。落叶飘下来，没了谁为它们寻找一个安身之家。雪花飘下来，没有掌心给它一个合适的温度。还有阳光，稀稀疏疏，落下一地的零零碎碎。

我们，真的就那样走了。

又不知多久后，也许是很久很久以后。恰是中秋之际吧，收到了你的来信。你歪歪斜斜的字体还是没变，变了的，只是那字里行间注满了你的眼泪与沧桑。

你说你很好，只是很想回到那间我们的教室。你说要我好好努力，你就在某个不远的远方看着我。那晚，我没有吃月饼。只记得那轮明月，我看着它升起来，一直到落下去。然后写了一封很长很长的信。

再后来，那封信没有投进邮箱。

再后来，我走到了现在，你走入了真正的远方。

再后来，其实我想说，在那个冬天的秘密里，一直藏有你的微笑。（夏尔）

那 些 年 的 懵 懂

那些年，在一起时，彼此都以为，爱其实很简单，就是两个人能够幸福地生活。

　　手牵着手，却不知道明天到底有多远。因为，那一刻，彼此都已忘记了时间，那一刻，彼此都已抛弃了一切，那一年，我们都太冲动。即使不需一个拥抱、一个吻，只有几句甜言蜜语，我们都感觉自己已从寂寞中挣脱。

　　那些夜，我们总能在梦里见到彼此。也许，是彼此的怀念吧。那些天，我们真的感觉好快乐。没有理由，有句话说得好：爱你不需要理由，只是因为和你在一起我真的很快乐！我知道，人的生命只有一次，人的青春只有几年。年轻时若不疯狂、不拼搏、不犯错，老了拿什么说当年？

　　的确，时间很宝贵。可是，我们根本就不知道，自己曾做出了什么样的决定，将会换来什么样的结局。曾经，你就是我的全部。因为，我曾把我的爱都交给你，任你挥霍。过去，我的记忆中，都是你。无论我怎么躲避，还是忍不住想你。

我们都曾说过，自己过得很好、过得很开心、每天笑逐颜开；我们都曾爱过，不孤单、不寂寞、不彷徨，只因，有你在身边；我们都曾笑过，那是因为和你在一起，去游玩、去逛街，无论到哪，有你，就是天堂；我们都曾承诺，你不离，我不弃，永不分离，海誓山盟；我们说自己开心，说自己爱过，说彼此一起笑，许下海誓山盟。但是，有没有想过，突然有一天，我们分开了，自己是否还能如此洒脱？珍惜眼前，才是最重要的。那时候，我们又怎么会去想太多。有许多道理，我们明白了，却始终无法做到。

有许多事情，我们明明知道，那是错的，却还要忍不住犯贱。有许多话，我们听到了，却要假装没听到，假装什么都不知道。有太多太多的东西，不是只靠嘴说，就可以的。有太多太多的事情，要我们经历过，才会明白。这些年，早已疏远了彼此的距离，这些年，我们都已习惯一个人过。

曾经的问候过去的关怀，如今，却已被时间淡漠，那些年的纯真那些年的懵懂，现在，都已消失不见。虽然，我们都是一个人生活，成了习惯，但是，也许就连我们自己都不知道，其实，自己心里还是会渴望有那么一个人在你身边。

　　一个人的生活，一个人的世界。开心的时候，不能和别人分享；失落的时候，没有人在你身边，听你倾诉，给你安慰；累了，没有人会给你沏一杯热茶；冷了，没有人知道，没有人会为你担心；病了，没有人会给你买药，没有人在你身边，贴心地照顾你。

　　一个人，也可以活得潇洒、自然！因为，一个人，是多么的自由，想玩、想疯、想笑、想哭、想闹，都没有人管束，也希望此时此刻仍是单身的你，以及曾失去他的你，不要自责，不要难过，别人向你炫耀他们的恩爱，而你却不能，但没关系，至少，我们可以坚定地回答：一个人，有何不可？一个人，我自由，我快乐！

　　也许，我们时常幻想，自己能够和心爱的人，永远、幸福地生活在一起。无论分分合合，喜怒哀乐，最终，两个人还是情投意合，曾拥有过，又如何？曾失去过，又怎样？曾经爱过，又如何？如今单身，又怎样？

　　渐渐长大的我们，已习惯一个人过，一年一年，模糊你的容颜。正如同以上说过的：有些事情，要我们自己经历过，才会明白。

在这里，我不想解释过多。既然我们都很荣幸，活在这个世上，那就好好活。一生只有一次同一句"我爱你"却可以说多少次？做自己不后悔的事做自己认为对的事不要留下太多太多遗憾。

爱是个很神圣的字，那些年，在一起时，彼此都以为，爱其实很简单，就是两个人能够幸福地生活。如今，分开了以后，才感觉到了孤单，把回忆都交给时间保管，现在的我们已开始了新的生活。

其实，我想说那些年的懵懂全是我现在所怀念的。（佚名）

我 们 的 小 爱 情

也许很多年后，我们会微笑着将往事回顾，看见当年的自己，

人群中紧紧抓住某个人的手，白色的天空上，燃放出黑褐色的烟火。

　　每个女孩的世界里都曾经有这样的男生吧，要么是人见人爱的活跃分子，要么是令人生畏的骄傲王子，也许还会有些家境之类的附加因素，总之，都会因为不凡的长相成为学生时代校园里的风云人物。

　　可并不是所有女生都有勇气走到他面前朝他微笑，在校外遇见时自然地打招呼，在篮球场边给他递饮料，上课铃响时看见他不知疲倦地在操场上奔跑成小白点笑着喊他回来上课。

　　就是那样的人，更多的时候，你站在远远的地方毫无怨言地看着他，独自把他在你视线中出现的点连成线，形成你少女时代起伏的波澜。

但即便如此，也很可能一句话都没和他说过就背道而驰。

直到很多年后，一个小小的契机，让你忽然想起他，然后淡然地一笑，只是一条小得支离破碎的线索，连记忆都谈不上。

如果有一天，他骑着单车转过街角，邀请你坐在后座上。如果有一天，他对你提出"有我在，是不是能让你快乐一点"这样直指人心的问题。如果有一天，他忽然递上写有说"我喜欢你"的小字条。从此突然出现大片交集，天与地都交织在一起。

如果真有这么一天，你会不会就微笑着将自己的手放入他摊开的掌心，单纯的少女情怀还是复杂的虚荣心，只想找个人依赖，还是奢望因为他的关怀使自己在同学中变得令人羡慕。

到底，是怎么想的呢？恐怕没人能说得清楚会不断说出"与子偕老"之类大无畏的话，会被一件小事感动得一塌糊涂或者难过得痛哭流涕，会在校园里与他肆无忌惮地走着不顾旁人异样的言论和眼光，也会因为老师家长而被迫喊停。最后大多都免不了"毕业那天我们一起失恋"的无奈结局，只剩下诺言的空壳，一段残缺不全的记忆，以及镜子里那个为了他耍尽心计，丑恶，卑鄙，扭曲的自己。

彻底忘记之后，大家又都过上了新的生活，拥有新的朋友，拥有比对方还要重要的人，像一场烟火结束后的夜空，还剩下硝烟融化了的温柔味道。

这就是我们的小爱情，情节复杂但动机单纯的，结局相同但回忆不同的，我们学生时代的小爱情。

也许很多年后，我们会微笑着将往事回顾，看见当年的自己，人群中紧紧抓住某个人的手，白色的天空上，燃放出色彩缤纷的烟火。

(残年流梦)

对 不 起， 缺 席 了 你 的 未 来

春去秋来，花开花谢，我的生命中，有些人来了又去，有些人去而复返，
有些人近在咫尺，有些人远在天涯，有些人擦身而过，有些人一路同行，
唯独你，在那之后，便再也没有再出现。

　　对不起，缺席了你的未来

　　青春有梦，岁月无语，而我终究在流年的荒芜中遗失了你，对不
起，亲爱的，缺席了你的未来。

　　下过雨的湖面平静而凄冷，生锈的栏杆独自承载着坚强，熟悉的
街角形同陌路，昏暗的灯光摇摇欲坠，水渍倒映出浅浅的倒影，屋檐
上留下的水珠滴下深深的往事，如同电影般一一放映。

　　这个夏天，来得似乎比往常的更早了，学校的芒果路上果香漫
漫，脑袋里勾起那段青涩的回忆，耳朵响起那些牵动心灵的话语，

眼睛浮现出你如花般灿烂的笑颜，指尖流淌过那一丝丝的温柔，突然一声知了的叫声，打破了身临其境的美好，于是那些试图用生命拼凑起来的曾经被打散直到消失不见，再也无法寻回，心里顿时空洞得如同自己已不再是自己，只剩下一个空空的躯壳。

翻开那泛黄的书页，轻轻地抚摩着，就像一本稀世圣经般的珍贵和神圣，用尽全力去膜拜，每天含着泪一遍又一遍地诵读，以便将这声声哭泣一并夹杂在书页里，期盼着在若干年的某一个日子里，它会在你偶尔翻开的扉页里悄然落下，声声滴进你心脏。忆起曾经的存在，或许可以小小地弥补未来的缺失，这一刻，这卑微的想法和期许，让我不得不承认，命运还是太残酷，我还是太懦弱。

阳光下的一抹清影，独自散步在从前街头，前面那些牵着手，肩并肩的情侣，成双成对的景象在任何人的眼里都是好不幸福的一幅美满画卷。

回想着哪里似乎还遗留着我们昨日的影子，那么快乐和幸福，我不懂得是从什么时候开始手边只剩下淡淡的空气，不知道是从什么时候开始微笑不再展露，连一点点的嘴角上扬都吝啬给别人，等到发觉的时候，才明白，在那某一天的某一秒里，我已经遗失了你，你的未来从此不会有我的存在，只剩我一个还留着一个专属于你的位置，那么现如今的你，是否也在回忆着昨天缅怀着过去，而手边却是握着另外一个人柔荑，把微笑绽放给眼前的人？

晚间的咖啡厅显得更加浪漫，舒适轻盈的音乐悠扬而出，安安静静地品一杯没有加糖的咖啡，喝起来是苦涩的，回味起来却有久久不会退去的余香和甜蜜。

透过落地窗看过去，车水马龙，灯红酒绿，在那逝去的日子里，你也曾拉着我的手，小心翼翼地过马路，也曾在我走不动的时候蹲下身子背着我走过那段长长的朝阳大道，月光把我们的影子拉得很长很长，那时候，我总是天真地问，如果这条路永远都走不完，那么我们是否会永远就这么一直幸福下去，我就能永远一直偎依在你身旁，不会再感觉到孤单和寂寞，你总是笑着摸着我的头说真是一个小傻瓜，是啊，假如可以重来，我就想一辈子傻傻地陪伴在你左右，不会像现在这样靠着昨天的回忆走完明天的路，靠着曾经的温暖来温存未来。

春去秋来，花开花谢，我的生命中，有些人来了又去，有些人去而复返，有些人近在咫尺，有些人远在天涯，有些人擦身而过，有些人一路同行，唯独你，在那之后，便再也没有再出现。

或许在某天的某两条路的尽头我们已经擦肩，或许我们在不经意中结伴同行了一段路程，又在下一个分岔口分别，只是我们都未曾发觉罢了。

　　有一种路程叫万水千山，有一种情意叫海枯石烂。有一种约定叫
天荒地老，有一种记忆叫刻骨铭心。我记得我们的点点滴滴，却唯独
忘却了在何时何地将你遗失，任凭我再怎么努力和哀求也没有人能替
我把你寻回，亲手把你送进了别人的未来。

　　远方星空下的轮廓，寂寞的光影，墙上的时钟定格，用悲伤的脉
搏写成了想念你的歌，久久地吟唱着不曾停止。
　　在那明媚的阳光下，慎重地开满了花儿，朵朵都是我今生乃至前
世对你的期盼，我想着，当你再次走近的时候，可以再次感受到
我心灵悸动的颤抖，可以听到我深情的呼唤，在百花的注目下，缘
定生生世世，再不分离。

　　然而终究是虚幻的想象，没办法逆转的永恒，就只有在夜深人静
的时候，打开微弱的灯光，细数着曾经的伤，独自熬过一个又一个空
洞的今天走向明天，而你此刻是否在依着另一个人甜甜地入眠？梦里
再也没有我的出现。

　　再美的未来，也像一个没有结局的剧本，少了那份青春独有的唯

美，却还是停留在最精彩的时刻突然宣布曲终人散，不带一丝犹豫，戛然而止，给你的曾经，未完没有待续，只能留着美好去回味，留恋的幸福的味道萦绕着，越来越淡，直到最后渺小到什么都没有，就像从来都没有存在过。

在某一天回忆起，才想起，对不起，傻傻的我，竟不知道在什么时候已经将你遗失，这辈子再也无法踏进你的未来，从此缺席，含着泪眼睁睁地看着别人代替那个原本属于我的位置。

对不起，亲爱的，我在青春里遗失了你，缺席了你的未来，直到那一声声的呼唤清晰地回荡在山谷，似乎应该已经传递到了你耳中，才紧紧地蹲下拥抱着自己，让自己身上感受到一点点的温暖。（佚名)

卷　二

那些偷偷爱着的时光，
是一个人完整的爱情

那些曾在指尖轻柔停歇过的微风和染得色彩斑驳的棉花糖，还有粘在猫咪尾巴上的青草色透明水果糖。年少是少年曾经路过的风景，你喜欢的那个人，在年少的时光里，以安静默立的姿势站成不朽的永恒。

暗 恋 这 件 小 事

每一个人的生命里都会有这样的一个人点缀着青春，喜欢到最后，
在一起或者不在一起都没关系，说出口或者不说出口都没关系，
慢慢地慢慢地变成一个只关乎自己的秘密。

　　暗恋的美好就是与对方的那一份很长又很短的距离。不是恋人，
没有每天黏在一起的理由，只能远远地看着，不动声色的。却又把对
方放在生活的每个角落里，闭上眼睛的时候，听课的空当里，走路时
路过的某个地点，抬头与低头的间隙，你都变成了思想的主角，在离
我生活最近的地方。

　　因为喜欢着你，所以默默地把自己也改变。变成更像你的样子，
把自己模拟在和你世界相似的世界。

　　因为喜欢着你，所以坚持着不去戳破那一层纸，不知道你的感
觉，只怕说出去了，连和你走近谈天说地的笑容都不复存在，连维

系着的朋友关系都被打破。

　　每一个人的生命里都会有这样的一个人点缀着青春，喜欢到最后，在一起或者不在一起都没关系，说出口或者不说出口都没关系，慢慢地慢慢地变成一个只关乎自己的秘密。沉默着看着对方的生活灰了又亮，亮了又灰，以一个朋友的姿态，坚持到最后。这是一场最美丽的观望。

　　也许多年以后，因为有这样的一个人的存在，我们生活过的这个大学，这个城市才有了特殊的意义。我们会记得某个阳光绽放的夏天里，余光里那个人的一举一动，都是点亮生命的光。

　　让一切沉默在记忆里，说不定在未来的某一天知道了关于你的消息，关于恋爱或者婚姻，淡淡地一笑而过，再无其他。

　　仿佛锁在波光粼粼的湖面下美丽而沉默的珊瑚。你笑而不语，我会心一笑。说一句"你好，老朋友"，言语里承载了与你相识时的无数次不平静却伪装起来的平静。这个关于暗恋的故事才有了一个结尾。

（马莎莎）

那 些 偷 偷 爱 着 的 时 光 ，
是 一 个 人 完 整 的 爱 情

那些偷偷爱着他的时光，是一个人的成长，一个人完整的爱情。

　　水儿曾经做过一件很浪漫很傻的事情。暗恋。

　　无意在她家里发现一个水晶玻璃罐，满满一罐一元硬币。我端详了好久，水儿没有积攒零钱的习惯，为什么家里有那么多一元的硬币，用那么昂贵精致的罐子装起来。

　　后来才知道，她一直偷偷地喜欢着一个男生，怕忘了自己喜欢了多久，所以喜欢一天就放一枚硬币到那个罐子里。多浪漫啊，却也包含着相当的苦涩。那个男生真的很幸福，被这样用心地喜欢着。

　　她的心是昂贵的玻璃罐子，透明，纯净，却也易碎。在爱着他的那些日子里，她的心是充实的，那些满满的硬币可以为证。可是，付出了所有，就可以换回想要的全部吗？或者是一点点也好。

最后的结局，如同她自己料想的那样。飞蛾扑火，作茧自缚。最后在自己编织的网里，拼命挣扎。

爱他，你觉得自己是世界是最富有的人。我想要说的是，失去了他，你依然很富有。

那些曾经爱着他的日日夜夜，你的心被满满的温暖充盈。

曾经那么深刻地喜欢着，爱着一个人，总好过麻木一生，不与任何人擦出火花。

爱过，温暖过，幸福过，即使没有被爱着的人好好疼惜过，遗憾中还是有甜蜜，还是有快乐的对不对。

毕竟，爱情不一定是两个人的事情。

那些偷偷爱着他的时光，是一个人的成长，一个人完整的爱情。

(佚名)

其 实 你 可 以 ， 很 好 地 被 爱

最卑微的感情便是暗恋，它并不伟大。

　　有些东西不是一复制一粘贴，它就会变成你的；有些东西不是你一按删除，就能说明它没有存在过。而你删掉了为那个人写的博客，你删掉了为那个人写的日志，你删掉了偷拍的那个人的照片，可是你永远删除不掉，你偷偷喜欢那个人的时候，你的懦弱。

　　前些天，朋友很沮丧甚至是很难过地告诉我，她喜欢的男生有女朋友了，她觉得生活仿佛是失去了很重要的东西，而她再也找不到生活对于她的别样热情。

　　我问她，你喜欢他，怎么没有告诉他，而是眼睁睁地看着他有了女朋友，而你却默默地守着对他的喜欢那么久。

　　然后她便沉默了，她说，她以为那份喜欢，只要她静静守护着就足够了，她并不要求些什么。

　　我笑了笑，反问她，那你现在在难过什么呢？竟然你一开始便已经告诉自己，这段感情只是你一个人的事情，你并没有打算告诉他。那么，在他不知道你喜欢他的前提下，有了女朋友，而你又有什么资格难过呢？在这段爱情的刚开始，明明不努力不勇敢的是你自己。现在那个人有了喜欢的人，你不是该祝福，而不是难过吗？

　　最后，我的那个朋友，她哭了。很难过，像是崩溃的，号啕大哭。而我只是静静地陪在她身边。因为我知道，现在不管我说什么都没有用了，爱情从来都是，错过了，就不会回头了。

　　你呢？

　　现在的你，有默默地在喜欢一个人，而没有勇气说出口吗？

　　我也曾经，暗恋过一个人，甚至是暗恋了好多年，直到有一天，那个人牵着另一个女生从我身边经过，我才知道，原来心可以那么的痛，而我可以那么的喜欢一个人。那个时候我便一直在想，如果，当初我勇敢一点，那么那个人牵着的那个人会不会变成我，会不会？可是这个世界上没有早知道，也没有后悔药，所以我从来不知道这个如果是不是成立的。而我渐渐地开始长大了，很多事情在经历过后，明白了之后，也就渐渐地释怀了。

而从那个时候开始，我便知道，暗恋，在爱情里原来是最懦弱的行为。

像是越是痛恨的过去，越是想要当从来没有发生过的事情，没有遇见过的人，在回忆起来的时候却更加的深刻。因为每一次想让自己忘记，每一次也都会让自己再次想起。

有些记忆总是循环往复地在脑子里跟你玩着捉迷藏，而你是被动的那一个，你永远没办法停止玩那个游戏。

你和那个人拥有的那些回忆，永远只是你自己一个的臆想，你对那个人默默的喜欢，从头到尾只有你自己一个人在参与。而最后，你连光明正大想要删除那段记忆的资格都没有，因为从头到尾，不过是自己的独角戏。在那场戏里面天真地以为主角是自己，后来不过事实让你看清了，你不过是不值一提的配角，躲在阴暗的角落里，臆想你戏里的戏。

很久以后的现在，我已经学会了，喜欢便说出口，不管结果是怎样，难堪或者是喜悦，难过或者是皆大欢喜，我都会说，因为至少，在以后回忆的时候，我可以说，我曾经因为那个人，我曾经因为我的喜欢勇敢过。

在爱情里，我并不怕痛，我只怕后悔。

我不知道，在这个世界上，你暗恋的那个人刚好也喜欢你的机率有多大。但我愿意去尝试，有的时候机会以及生命里的际遇都是一个赌，敢赌，你可能会输，但也可能会赢，如果不去尝试，那便什么都没有。

而我今天只是想告诉你们，如果喜欢了一个刚好适合的人，那么就告诉他，不要怕被拒绝，不要怕会受伤，也不要怕流泪。

我一直相信，勇敢的人，更值得被爱，被珍惜。从今天起，告诉自己，不要当爱情里面的弱者，其实你可以，很好地被爱。

嘿，那些正暗恋着的人：

你从来也没有失去过什么。因为从他身上，你从来没有得到过什么。最卑微的感情便是暗恋，它并不伟大。所以别把你自己说得有多伟大，别说你自己默默喜欢一个人那么的久，却什么都没有得到。因为你懦弱，你喜欢了，不敢说出口。说白了，你怕受伤，你怕被拒绝，所以你一直躲在你的角落里，一个人静静地观望你所谓的对那个人的喜欢。

　　直到那个人告诉你，他有喜欢的人了。你觉得自己受伤了，你觉得有些回忆有些感情的存在都是在提醒你，你受伤了，那样的记忆有多不堪。可是其实不是，你介意的是，那段记忆是在一遍一遍地提醒着你，你有多懦弱。（尔曦）

我 很 庆 幸 ， 生 命 之 中 有 你 出 现 过

这不是一段恋爱故事，没有动人情节，没有坚不可摧的誓言，
这只是一个没有结局的故事，与名利无关，
是我青葱岁月里一个曾经出现让我觉得这个世界倍感温暖的人。

那时候的我们还小，都不懂怎么去喜欢一个人，怎么去对一个人好。而现在知道了，却再也没有一个人能让我们如此动心了。

少女般粉色的恋爱心情，每个人大抵都经历过，一个人的遐想，一个人的小羞涩，尽管不会有人懂，还是沉浸在自己的小世界里想象着某天可以跟他牵手拥抱。

那个时候不像现在，我们有固定的座位，固定的同桌，每天都会那个角度假装无意而偷偷地看着他，尽管可能他不知道。

很多他的细节，他的动作，不经意间就会留心。他高兴的时候，自己比他还要更加高兴，他不开心了，总想逗他，有时甚至比他更失

落。有时他突然回眸，看了一眼，都觉得好像一切都变得美好了。这就是女生吧。

　　想起来，这些都是很早以前的事了，不过脑海里依旧会有些许片段。尽管他现在可能有别人陪在身边，而那人不是我，也希望他幸福快乐，好好生活。

　　这不是一段恋爱故事，没有动人情节，没有坚不可摧的誓言，这只是一个没有结局的故事，与名利无关，是我青葱岁月里一个曾经出现让我觉得这个世界倍感温暖的人。

　　也许你会问我，为什么当初没有选择告白，大胆表达出自己的想法。嘿，可能是我不够坚定，不够勇敢，抑或是很多女生的小心思，总觉得告白该是男生做的事，什么浪漫的仪式，美好的情节，都是他们该要去精心准备的。是我没有勇敢跨出那一步，也许有结果，也许没有。

　　不管怎样，我很庆幸，生命之中有你出现过，你像一只蜻蜓，点过我的湖心，而现在，你已飞走，而我，也不再有湖心。

　　到现在，我都没能再遇见一个，像你那样，干净温暖的男生。

　　（单色季）

暗 恋 情 书

其实，一直在想，如果那个时间，那个地点，
我没有抬起头，没有在那个桃花春雨的季节，遇见那缕含水的眸光，
是否这以后的光阴，就不会这么漫长了。

　　遇上你的时候，刚好是在我的十八岁那年。那个年华飞逝、碎语
流年的季节。只记得那天的天空似乎是从未有过的柔和，空气中竟没
有一点风的气息。阳光犹如冬日里的雪花，飘飘扬扬地洒了下来，散
落在道旁的琉璃砖上。那时的自己披散着乱发，静默地坐在路边白玉
栏杆上。迷茫的眼睛，看着同样迷茫的生活。

　　不知在这一年的仲夏之天，该何去何从。所以，我从没想过，你
会在那一刻出现，在我抬头起身的那一刻……

　　我想，人世间最美的风景莫过于此。看到此景的刹那间，我的天
空落下了雨点，淅淅沥沥，噼里啪啦地打在了心上。阳光刚从云层里

钻了出来，柔柔的，似是融化了般，一点点地融进了身体里。在那个时间，在那个地点，便有了一场梦，然后，就落入了一个梦魇。

三月的春风，格外的和煦，柔柔地拂过脸颊，带来了空气中的花香。我还没想过，生活也可以变得如此的美妙，花香游离，鸟语叮咛。嫩芽在枝头剥离舒展时，我也将自己的心停留在了文字海洋的岸边。因为我发现，可以有更美好的事去做，有更美的风景去欣赏。日色渐垂，一道身影降临在了运河的岸边。我知道，那必是你。

夕阳放出华光，似是金黄，又是浅红。一片一片，一缕一缕，在河面上呈现出斑斓的色彩。也许，只有你配站在那样的风景里。但我很想明白你为何喜欢看夕阳，那样让人伤情的东西，存在了你的眼中，该是多么的让人怜惜。只是，不管夕阳如何凄美，我只看一道景。暗自坐在岸边的堤坝上，远远地欣赏着，这一道独一无二的景。

晚风拂动着河岸的嫩柳，在翻飞舞动的柳条中，你的身影若隐若现。只剩下那洁白的衬衫，未曾消失在我的眼帘之下！多想让自己沉睡在这个画面里，那样，眼睛里就再也不会消失你的模样。只是看着不曾清澈的运河水，仍旧荡漾着夕阳的霞光，便知，一切皆是梦魇。

还未注意过，三月的桃花是何时落的。道边的花坛中，一直开着满树粉红的桃花。只是那天的晚间，桃树下，残花满地。在霞光的映衬下，呈现出一片绯红。突然之间，心中似乎是想到了些什么。抬头看向了西边的天，夕阳，如血。我没有伸出自己的手，不管对你，还是对这夕阳。因为我明白所有的挽留，皆逃不脱光阴匆匆。唯一想到的，便是在失去的那一刻，用心中流淌着的泪水，去跟时光诉说，自己的无法接受。

一直以为，不曾得到，何来失去。但当我面对你时，我知道我是错误的。不曾得到，却付出了自己的一池春水，它随时间流进了我恋着你的空间，怕是再也流不回了。

寒月攀上了东方的天空。月光下的运河，像极了一条玉白色的纱带，夜风袭来，它也跟着扭动了起来，闪着粼粼的波光。现在的杨柳岸，运河边，该是一座月光之城。而此时站在这城中，只是等待着你的身影。"太阳神在夜晚的光辉，会为你洗去白日里的纤尘。夕阳最后一缕光芒消逝的地方，将会有一盏灯，重新燃起。以普罗米修斯的名义，照亮你心间的路！"

留言板上唯一匿名的一句话，我相信你的眸光，定能看穿这字里行间的意义。所以，我为你在这守候。三月里，是不会有人放河灯的。所以它必将成为这个夜晚，这座山城的异类。只是看到在河风中摇曳的烛火，才发现夜里的时间是多么漫长。月光下杨柳的影子，在地上缓缓地移动着脚步，似是怕人发现它在被时间推动着。

烛火终于落下了最后的一滴泪，月光也随之变得冷寒了。正应了那句话，不是所有的等待，都能得到结果。转身离去的时候，早已熄灭的荷花灯，随缓缓流动的运河水，漂向了更远的地方——永远也捡不回的地方。剩下的，是月亮在西边的天空，肆意地散发着它的寒光。

当骄阳在天空散发火热的时候，就已是进入了仲夏的节令了。我应该是许久未曾见过你的身影了，我不清楚是不是你厌烦我的用意，还是我在逃避着你。但那应该是不重要的了，这一天总会来临，只是早与晚的问题。当我看到日历上"6"字的时候，我记起这是六月的最后一天了。

最后，忽然间，我想到要去看看夕阳，想去体会一下"最后"的凄美。那个熟悉的堤坝，许多都未改变。只是柳条儿更加茂盛了，还有此时此刻该出现的人，却再也没有出现。夕阳缓缓地变化着色彩，直到变得鲜红欲滴，一截一截地往下坠着。此刻，却能清晰地感觉到，自己的心也在一点点地下沉着。似乎是看到了你的身影，与夕阳的余晖交映在了一起，一起坠入黑暗的地平线下。而我的梦，也应该在这一刻清醒了。

　　其实，一直在想，如果那个时间，那个地点，我没有抬起头，没有在那个桃花春雨的季节，遇见那缕含水的眸光，是否这以后的光阴，就不会这么漫长了。但是若是真的没有遇见，恐怕也必是自己生命中的遗憾了。尘世中，必然存在一种不可得的爱恋，那么，不如就让我们把它收藏作回忆———一段缠绵在梦与现实中的回忆。当岁月的锈迹侵入心灵的时候，只需想一想，想一想，我……

　　在谁的心里，你从未离去，在谁的心里，你是永恒的记忆！（荒城月）

初 恋 是 芒 果 沙 冰 的 味 道

忍不住走到角落坐了下来。

思绪也在那一刻被扯开，仍旧有些悸动，但却也不再隐隐作痛了。

终究还回到了这个地方。

教室里曾经的那张课桌，还在。那张我用涂改液写着喜欢你的课桌居然还在。只是它的位置再也不是在靠近讲台第一张的位置，而是在最角落。

忍不住走到角落坐了下来，思绪也在那一刻被扯开，仍旧有些悸动，但却也不再隐隐作痛了。

学校门口对面的那家沙冰屋也还在，只是老板早就换了人。店面也比以前看起来舒服了。放在店门前的那张橘黄色的凳子也依旧还在。

忍不住点了杯芒果沙冰，还是坐在以前坐的橘黄色凳子上。那天刚好是傍晚，阳光也不再那么猛烈了。而我在那样的情景里，想起了你。

那时候我喜欢的你，喜欢打篮球。而我总是偷偷地假装不经意走过篮球场却始终不敢靠近。因为我怕篮球，这个阴影却是你带给我的，但我知道，你一定不记得了。

但我一直记得，在我被你的篮球砸到流鼻血的那天，你半蹲在我身前，宽大的手轻压着我的额头，让我把头往后仰，又一面朝你的队友问谁有纸巾。这些可能你都不记得了。

去学校领取毕业证的前天晚上，我发信息跟你表白了。过了很久，你回复了我。我以为你的第一句话一定是会问：你是谁。可是你说的却是：对不起。

对不起。

我知道对不起的意思。真的知道。那天晚上，我的眼泪也知道。我以为就这么结束了，我以为我们以后也不再会遇见。可是第二天，你就这么站在我的班级门口，就这么站在那里喊我的名字。我跑了出去。你看着我，说："要不要去吃沙冰。"我还是有些不可置信，可你却牵着我的手，拉着我就走。

我记得那天，你帮我点了芒果沙冰。我一直忘记问你，你怎么知道我喜欢吃芒果沙冰。我忘记你那天喝的是什么了。

我们一起坐在店门口那张橘黄色的凳子上，对面是车来车往的街道。我一直不敢看你，我不明白你为什么要这样。直到沙冰见底了。黄色的芒果沙冰逐渐消失，只剩下透明的空荡荡的瓶子。你说，我帮你扔吧。我愣愣地由你从我手上抽掉空空的瓶子，看着你站起来走向不远处的垃圾桶。

那天，你穿着夏季的白领蓝衣运动衣，下身是冬季校服运动裤，脚下是白色的校鞋。我就这么看着你的身影，阳光把你的影子拉得好长好长，长到我以为，我真的就这么可以看着你一辈子。

后来我们的故事竟这样不了了之了。初中虽然在一个学校，但却是初一你在一楼，我在二楼；初二你在二楼，我在三楼；初三你在三楼，我在四楼。我们之间永远存在着让我们无法靠近的隔阂，只是，后来我终于明白，最大的阻碍是，你不喜欢我。

再后来你有了女朋友，后来我的身边也有了他。只是我再也不喝芒果冰沙了，只是我再也不喜欢会打篮球的男生了。

现在我又回到了这里。坐在原来的那个位置，喝着曾经的芒果冰沙。我仿佛又看见了你，你的背影，为我扔垃圾的那个背影以及长长的影子。我的双手似乎还残留着你牵过我的温度。

空气里漂浮的是芒果冰沙的味道，原来那是我曾那么喜欢你的味道。背包里的手机震了震，打开来是信息。"你在哪里？我去接你。"我笑了笑，快速打了地址。合上手机，快步走向垃圾桶，把空了的瓶子扔了进去。

就这样吧，我的初恋。

现在的我很好，已经有了爱我的人。每天都是幸福的。我想，我还是喜欢喝芒果沙冰的。但是我知道，那再也不是因为你了。（尔曦）

爱 转 角 能 否 再 遇 你

我光着脚丫，轻轻踩在通往小树林里的青石板小路上，
阳光透过树叶的缝隙照射到我的眉毛上，鼻头上，嘴角上，
我笑着抚了抚额前的发，仿佛你就在我的身边，深情地注视着我。

　　还记得第一次遇见你，你清雅的微笑，如泛起的涟漪，久久荡漾
在我的心头。那时我就知道，你或许就是我荒芜生命里最最繁华的
注脚。

　　你离开我的那一晚，我做了一个梦，梦见自己站在敞开的窗前，
阳光耀眼，金色的蜜蜂在阳光下萦绕。我挥舞着巨大的白色翅膀，飞
得很高，很高。空气令人陶醉，鸟儿的歌声在荡漾。我深深醉在这么
美的风景里，最后才发现，里面已没有了你的身影。

　　天亮了，在夜里陪伴着月亮的星星，慢慢退到了幕后。

天亮了，清晨的每一片叶子，都承接着夜里的眼泪。

天亮了，我意识到你真的离开了我。

我光着脚丫，轻轻踩在通往小树林里的青石板小路上，阳光透过树叶的缝隙照射到我的眉毛上，鼻头上，嘴角上，我笑着抚了抚额前的发，仿佛你就在我的身边，深情地注视着我。

我停下来，半蹲着身子，柔柔地揪着路边的花草，想起我还没有来得及告诉你我最喜欢的花是薰衣草。它的花语是——等待爱情。

现在仔细想来，原来你不曾走近我。还有好多话还没来得及告诉你，还有好多地方你不曾带我一起走过，你便这样悄悄地离开了我。

(小咪)

也 许 不 见 更 好

暗恋那种感觉就像天上的浮云一样，若隐若无，
而暗恋人的心也随着那种感觉，漂浮在天涯。

暗恋真的好凄凉，明明是如此的深爱，却要装作若无其事；明明
是如此的关心，却要装作毫不在乎；明明是如此的思念，却要装作心
无挂碍。

暗恋的人真的很会装戏，他们是天生的伪装者，几乎可以骗过所
有的人，本以为同样可以骗过自己，却突然发现自己早就识破了自己
的谎言。

也许这一切听起来很滑稽，但暗恋人何尝又不是呢？暗恋的人本
以为自己会很坚强，但他们的内心却是如此的脆弱。暗恋的人本以为
自己可以祝她幸福，但这个祝福是如此的勉强。

终于，终于有勇气向她表白时，她却很久都没有回复，多年后，也许我们以为已经忘掉谁，却发现自己的眼睛已经充满了泪水。

暗恋人往往会面对这样的结局，明明是最纯粹的爱，却要永远埋在心底。或许，暗恋的人永远也不会失恋，但暗恋这种滋味真的要比失恋好吗？

如果说失恋是天崩地裂，那么我想失恋就如同细水长流，慢慢地吞噬你的心灵……暗恋的感觉就如同影子一般，时时不肯离开你。乌云出现的时候，也许你可以远离他，但当乌云消失的时候，那个影子就又找到你。

暗恋的人往往会很伤感，他们总是充满幻想，希望可以等到奇迹的发生，但直到他们消亡，却仍没等到那天。他们喜欢伤感的音乐，也许只有在那种音乐中，他们才能找到自我，才能得到一丝安慰。

时间长了，暗恋的人也许会希望自己可以忘掉她，但却爱得更深，更纯，更凄凉……暗恋那种感觉就像天上的浮云一样，若隐若现，而暗恋人的心也随着那种感觉，漂浮在天涯。

暗恋的人好希望见到心中的她，但每见一面心就更加寂寞，就更加疲倦。也许不见更好……

就这样我们又步入了新的生活，自己的这种爱渐渐地淡忘了，陪伴我们的就只有那种深沉。

或许数年后，也许我们已为能够忘掉她，却发现自己的眼睛已经充满了泪水。

我不知道暗恋是否会带来快乐，我只知道暗恋是如此的深沉，如此寂静……（佚名）

不 能 握 的 手

不能握的手，却比爱人更长久。

　　午后的暖阳斜映在你年少稚嫩的脸上，身体里却散发出成熟的味道，于是我开始在意，忘了从什么时候起，我们开始无话不谈，渐渐对你感情的累积，才发觉自己对你的认真，然而这一切却稍纵即逝，太多的一切从生命中抽走，你的微笑、你的霸道、你的……

　　渐渐成为你感情路上的路人，我却在一直怀念。站在熟悉的街道，望着穿梭的人群，感觉每张脸都是你的轮廓。我开始寻找你的影子，却发现这个城市再也没有你驻足的痕迹。

　　还记得吗？那天送你坐的是公车，那时我就明白，其实生命是一次漫长的旅行。为了找到你我离开自己的座位，去另一节车厢寻觅你的影子。也许找不到，可我还是在不经意间发现了你，相视一笑，我才发现你身边的那个位置早已坐上了别人。

我注定不能跟你同行。可我想回去，回到最初的自己时，那个位子也早已被他人占据。过去的终究无法回头，我知道这一切都是命中注定，或许命运的帆，只让我们遇见，在那一季的冬天……

朋友变情人再变朋友，这一切就像到了一个分岔路口。耀眼的霓虹瞬间把生命照得绚丽，而退出这片绚丽时，我才明白其实自己适合一个人的生活。开始习惯一个人，淡淡的、自由的、却不孤单的。

我不敢说我还在等你，怕说出口会被看清。我不怕被人流言蜚语，我只怕花光勇气，如今的我已花光所有勇气。"勇气"你肯定不会记得，我们曾经在 KTV 合唱过的歌曲，每一句歌词此时都在耳边响起，"爱真的需要勇气，去相信会在一起……"

一切只怪我们年纪真的太小，从那懵懵懂懂走进各自天空，该怎么说让彼此选择，但思念还转动……关于你，我选择放在心底那个属于你的角落。

一切好巧，送你的那天电脑里放的是"说了再见"。说再见才发现再也见不到，我不能就这样失去你的微笑。我们真的像歌词中说的那样再也没见。

　　也许是上天的眷顾，让我们成为最好的朋友，你走以后我们还有联络，还能够聆听彼此的苦乐，这样就够了。友情的长久比爱情更牢固，它以另一种方式不让我们分开，我们都应该知福、惜福、感恩。

　　如果再次选择我还会坚持，其实我的执着依然执着，只是现在与你无关，泪自行吸收，我相信多年后你会明白。

　　不能握的手，却比爱人更长久。当所有如果都没有如果，只有失去的拥有才最永久。（佚名）

你怀念的只是那时喜欢她的自己

在某个宁静的午后，在某个清静的早晨，又或许在某个寂寞的傍晚，
你开始回忆那些曾温暖人心的瞬间，那些一闪而过的画面，
足以让你的心微微一动。

　　每个人的生命中都会出现这么一个人，她不是你的女朋友，也不是你的红颜知己，或许在她的世界里已不记得曾出现过你这么一个人，但是，在你的心中她依然占据着很重要的位置，一想起她来，你依然是微笑的样子。

　　她出现在你最青涩的年华，青涩得连承认喜欢一个人你都会觉得害羞，又或许，你还不知道喜欢上一个人是什么感觉，可就在这个时候，她忽然就出现了。

　　如果第一次喜欢上的人可以被称为初恋的话，那她就是那个你的初恋，至少，那是一种单纯的喜欢，单纯得没有一点瑕疵。

等你过了懵懂的年纪，你开始慢慢明白那种感觉叫作喜欢。但，或许她已经有了男朋友，又或许她不喜欢你，又或许你不够勇敢，总之，你对她的喜欢变成了一个长长的秘密。

某一天，你或许看到她和她的他手牵手消失在街角，又或许你只是听说，你感到无比的失落，也终于，你不在保守这个秘密。

后来，你只得到她的一句谢谢你喜欢我这么久，而这，你已经很满足了。你还是很慷慨地祝她幸福，虽然不是很情愿，但也还算是衷心的祝福。

于是，你决定要开始新的生活。你删掉她的 QQ，删掉她的电话，你告诉自己这是新生活的第一步。可是后来你发现，她的 QQ，她的电话号码，你早已记在心中，删是删不掉，如果可以，你愿意格式化自己的心。

你开始全身心投入学习，凭着你的聪明加勤奋，你也成为了一个佼佼者，你也曾创下不可超越的神话。后来，你真的什么都不去想了。只是后来，你开始颓废，后来，你再也找不到当初的自己，再也找不到那个曾在路灯下学习的自己，再也找不到那个曾执着追求的自己。

你开始向往爱情，却发现，自己心中的那扇门早已关闭，任谁都无法闯进来。你开始想起那个她，她的一颦一蹙，她的一微一笑，依然是当初的模样。你开始想你为什么那么喜欢她，她或许并不是很漂亮，并不是很有气质，脾气并没有你想象的那么好，但是你就是喜欢她。

后来，你明白了，或许你喜欢的只是她的一个微笑，一个动作，又或许是一个无意的表情，又或许，你喜欢的仅仅是她的名字，又或许，你喜欢的只是一种感觉，只是，这些足以牵绊你的心。

你做到了不去打扰，不去关注，不再经常联系，这些你都做到了，只是，你还是觉得有很多没做到，具体哪些没做到，你也说不上来。

你也试着喜欢其他的人，只是总觉得少了一种感觉，因为，你总是以她为标准在寻找属于你的那个她，你一直在寻找她的影子。在这期间，也有人向你招手示意，你委婉拒绝，因为，你依然在等待一种感觉，你知道你不是在等她，只是在等待一种感觉，一种内心深处的感觉，你只想跟着自己的感觉走。

渐渐地，你发现周围的人都成双成对了，你依然在等待一种感觉，说不羡慕是假的，只是，你想跟着自己的心走，就像你每次从校门口经过总希望对面会出现那种久违的感觉一样。只是后来，你很少再回去过，再也没有踏入那个校园。

你的生活慢慢归于平静，你也开始习惯这种节奏。只是期待少了，失望也少了。

你还是喜欢一个人生活，与其说是喜欢，不如说是习惯，是的，你习惯了一个人生活。一个人吃饭，一个人走路，一个人听歌，一个人睡觉，一个人旅行……

慢慢你发现，心关闭得久了，就再也打不开。你一个人生活并不是因为你有多放不下过去，也不是为了证明自己有多痴情，你只是觉得一个人挺好，自由自在。偶尔的孤独没有多难熬，偶尔的不安分都会恢复平静。

你还是会在某个瞬间想起那个人，想起那种感觉，只是，你不再那么喜欢她。偶尔你会和她联系，寒暄几句，偶尔，你会打听一下她和他的事，又或许，你期待在某个熟悉的地方找到她的影子。这些都不能证明你还喜欢她，你只是习惯了做这些事。

你开始学着去爱一个人，却发现，自己怎么都做不好。

你会是一个很好的朋友，但不会是一个很好的男朋友；你会是一个很好的聆听者，但不会是一个很好的倾诉对象。你还是觉得一个人挺好，偶尔没心没肺，偶尔无比投入。

　　你不去打扰她平静的生活，你也不做她背后的默默支持者，只是偶尔还会想起这么一个人，想起那些逝去的青春。

　　你应该庆幸生命中有过这么一个人，不然，你怎么会有时间怀念那些旧时光，她像一个时光机，把你带回过去，又把你带到现在。你应该感谢生命中出现过这么一个人，她给了你最美的回忆。

　　你有一天已经很累了，脑海里还有一个挥之不去的脸庞，虽然你已经记不清她的模样，但她的一微一笑，足以让你有种幸福感。

　　后来的后来你终于明白，你不是在怀念她，而是在怀念那个时候的自己，那个怎么可以如此执着的自己。你不是在怀念她，只是怀念一种感觉，那种想起来就觉得温暖的感觉。其实，你没那么喜欢她。

　　在某个宁静的午后，在某个清静的早晨，又或许在某个寂寞的傍晚，你开始回忆那些曾温暖人心的瞬间，那些一闪而过的画面，足以让你的心微微一动。

　　你还是很感激她，感激那个曾出现在你生命中的那个她，至少，你曾为了接近她而努力学习，至少，你没有一直颓废下去。从来都不相信自己会如此执着地去做一件事，去追逐一个人的脚步。现在想起来，你依旧很佩服那个时候的自己，只是，你再也回不去了，又或许是时光再也回不去了。

　　或许因为你们没有在一起，你发现，其实她还有很多缺点。你喜欢的只是当时的她，又或许，你只是喜欢当时喜欢她的自己。

　　终有一天，你会发现，在时光的尽头，你依然在微笑……（佚名)

你 ， 是 谁 的 风 景

那些曾在指尖轻柔停歇过的微风和染得色彩斑驳的棉花糖，
还有粘在猫咪尾巴上的青草色透明水果糖。
年少是少年曾经过的风景，你喜欢的那个人，
在年少里以安静默立的姿势站成不朽的永恒。

　　那些在青草地上追逐着打闹的年少，像一阵偶尔经过的风，留下
一地的狼藉后，忽然间就老去了。而年少的我们，还没来得及挥一挥
手，惆怅着和时光说声再见，就被光怪陆离的现实拉扯着，脱离了最
初的航线。

　　而后，剧烈地拉伸成长，化蛹成蝶，长成始料未及的强大模样。

　　年少是最温暖的橘色云朵，浮过白雾悠悠的青碧色山脉。大风吹
一吹，便落下清凉的雨滴，跌进比矿泉水还要清澈的眼睛里，溅起层
层微浅的涟漪，细细漾开后，侧映着年少最干净的样子。我们被唤作
少年，清澈的眼睑盛满了年华里最温柔的一池春水，指尖有跃动的白

光笼罩着。

　　那些曾在指尖轻柔停歇过的微风和染得色彩斑驳的棉花糖，还有粘在猫咪尾巴上的青草色透明水果糖。年少是少年曾经过的风景，你喜欢的那个人，在年少里以安静默立的姿势站成不朽的永恒。

　　吹过盛夏的季风，带着无处不在的闷热温暖，呼啸着，一遍又一遍地吹过荒无人迹的旷野。我们在严寒的冬天里拔节生长，在兵荒马乱的年代里辗转奔走，最后被迫成长蜕变。

　　那蝉翼般薄而透明的年少，轰然远远逝去了。那些脆弱的，疼痛的，不舍的，统统被现实从身体里剥离，露出鲜血淋淋的伤口。而那些曾被鲜血浸泡过的伤口，最后会结起厚厚的深褐色血痂。齿轮咬合样往复的时间，一点点在岁月里老了过去。那些曾经经过的风景，还等在最开始的地方，执着地等着你还能从我的心上路过。

　　时光的深处，还藏着年少时埋下的糖果匣子，没有人来得及将它们挖掘出来。那么，那些藏在糖匣子里的秘密，还会有谁记得吗？那些躲在云朵故乡说给月亮听的故事，就这样尘封在墙角的匣子里了吗？铁匣子生了厚重的土黄色锈迹，放在匣子里的关于年少的风景画，也被岁月斑驳的颜料染画得更为老旧了。

　　只是，大片大片的纯白色，依旧干净得动人心魄。时间溯回到被风吹凉的秋季，梧桐叶承载不了整个季节赋予的凉意，早早地从枝头跌落下来，在地上铺满浅密的金黄色。上一个秋季落下的叶子，叶脉的纹路里还纠集着年少时微笑的温度。散落在青石板上的泥土，似乎还是年少时你经过的模样。

　　少年的年少，你留给我的温度还残留在上一季拂过的微风里。我们都是少年，都曾年少，也都曾陪着时光一起，不停打马经过那些流年里的风景。

　　少年在年少的岁月中渐渐走失，铅华洗尽后，依旧颔首低吟，巧笑嫣然，将年少画上句点，你是我最华丽的那一篇。（佚名）

一 场 像 暗 疮 一 样 的 暗 恋

年轻时，我们有许多青春与情怀去享受一段暗恋，也有能力去复原。

暗恋和暗疮，是同样苦涩和卑微的。

谁不曾轻轻地暗恋过别人？说自己从不暗恋别人的，只是不想承认有过那么无助的爱。

暗恋通常在年轻的时候发生。年轻时，我们有许多青春与情怀去享受一段暗恋，也有能力去复原。

等到年纪一大把才去暗恋别人，那是跟自己过不去。三十岁时的暗恋，就等于三十岁才长出第一颗暗疮。

虽然，你会说这是青春的象征，那颗暗疮却终究是不适合的。

　　暗恋应该是跟暗疮的岁月同生同死的。我不想暗恋别人，我只想被人暗恋。

　　可是，从来也不是我选择了暗疮，而是暗疮选择了我。它在我脸上横行无忌，我暗恋的那个人，也在我心里如此折磨我。

　　暗疮可以吃药，暗恋却像山洪暴发，任何一种抗生素也拯救不了。努力去忘记暗恋的对象，就好比用手去挤暗疮，痛楚而徒劳。

　　满脸暗疮让我们自卑，暗恋却是在自卑之中获得快乐。然而，当最后一颗暗疮在脸上消失的时候，暗恋也该终结了。

　　那些日子，毕竟是属于青春的。　（张小娴）

不 曾 表 白

这个男孩，在你十五岁时走进你的世界，占据你的心田，
在你二十五岁时依然坐在你的面前，这十年你们的交际少得可怜，
可是他永远不知道，他从来没有一刻离开过你的世界，
尽管你用尽力气想要遗忘关于他的一切。

　　有没有过这样一段旧时光，树影斑驳，人群攒动的某条街道上，
你翘首盼望着某个人，然后在看到他的时候，假装没事地默默走开，
心里期许着什么，却不曾表白。

　　用了一秒钟的时间爱上一个人，然后用了十年，还是没能将他从
你的脑海彻底抹去，那年你青涩、懵懂，并不真正了解什么是爱，却
总在见到他时怦然心动，不能自已。

　　心里有很多很多悸动，却从来不曾开口，也许是不知如何开口，
然后你考上了南方的大学，他留在了北方，你认识新的人，开始新的
感情，以为那段过往会被慢慢遗忘。然后你的身边有了爱你的人，他

的身边有了爱他的人。你知道自己是幸福的，他也是幸福的，可是还是会在午夜时分默默流泪。

大学里你经历了感情的分分合合，也听说了所有关于他的爱情，你们也像朋友一样地联系过，偶尔问问彼此过得好不好。每当他问起你的感情时，你总是心痛，却只能一笑而过。

后来你回到长大的城市，独身一人。然后你听说他也回到了这座城市，独身一人。你们又回到了原点，重新走在原来的街道上，你似乎看到了那个从前的自己，单纯的有着少女情怀的那个你。

你们见面，彼此微笑，寒暄。

看着他的脸，你突然莫名地难过，眼泪不自觉地滑落，这个男孩，在你十五岁时走进你的世界，占据你的心田，在你二十五岁时依然坐在你的面前，这十年你们的交际少得可怜，可是他永远不知道，他从来没有一刻离开过你的世界，尽管你用尽力气想要遗忘关于他的一切。

好多好多的感情不是不想延续，是不能延续，仿佛是命定的，某些人走进了你的心，却走不进你的生活、你的未来。

　　于是总希望时间定格在过去，然后你不留遗憾地转身离去。

　　不知道再过十年，你们是否还是会在某个街角遇见，不知道那时候你是否还是无法释怀，只是生活继续，你的未来继续。（佚名）

把 青 春 留 给 自 己

那一年，海风吹着发尾，手牵着手的记忆留在相册定了型。
那一年的青春挥洒得彻底，这一年的青春留给自己。

　　时间往来无踪迹，思绪已乘风而去。你我只是路上人，雨随风过情也过。

　　外面还是如同当年的倾盆大雨，没有丝毫留下情面的感觉，只是自顾自地下，风任由地吹。枝头敌不过那强劲的力量，变得东倒西歪的样子。无数的雨花降落在地面上，总是溅起那么多的水花，然后又滴落在大地上。

　　那一年的青春，我们认知了多少，那一年的青春，我们得到了多少，那一年的青春，我们又失去了什么。

　　花开花落会有时，只是未到君处。那年在校园的拐角见到了，害怕地重新回过身去，藏在墙后，一直反省我对你是否有愧疚，所以不敢直接贸贸然地见面，却告诫自己怎么是自己的错，纠结了好半天走出来，眼前是空旷的，没有踪影，原来你一直把自己当一回事，别人却完完全全不在意你的一点。

　　没有回头的前进了，心里多般的纠结让自己憋屈了。不大的校园来往的都是人，只是不想去寻找身影。那年的考试路口，遇见了，没有多说的话语，只是轻轻地瞥了几眼，或许你还会记得我，或许你会听说我还爱你的痕迹的。

　　原来空遐想得让人害怕，还是无趣地独自行走了。

　　可以问青春给我们什么了吗？简简单单的，美妙的爱情，失败的结局。曾经幼稚的海阔天空，在矮小的世界里踏足自己的脚步，世界给了所有，我给了世界所有。仅此而已。

　　路漫漫。人萧瑟。拿起行李的那时候，时间就让我们都分到了各自天涯。

　　或许现在还会知晓你的情况，可以去怀恋。

　　那一年的高考，那一年的爱情，那一年的高中，那一年的十八岁，埋藏在这肆虐的大风大雨中。分数让我各走天涯，寻找自己的世界，不去傻傻地等待一些所谓的天涯海角，海枯石烂，一旦走出了校园，一切都显得天真，一切离我们好远。

不伸手去迷迷糊糊地追寻，驻足在自己的世界上，寻得一片净土，种上点花籽，等来时日成熟，阳光充足，烂漫至全山遍地。

那一年，海风吹着发尾，手牵着手的记忆留在相册定了型。

那一年的青春挥洒得彻底，这一年的青春留给自己。（佚名）

年 少 偏 执 的 我 们

我们都曾偏执，偏执到连自己都心疼，做了那么多，打动了那么多人，
却仍是打动不了你最想打动的他。

是不是大家都曾偏执地爱着一个不爱自己的人。

那么多年了，似乎我们都成了有故事的人。在青春年少时，在还
不太成熟的心里，藏着一个永远不可能的人，那是痴情，还是固执，
抑或是傻傻地放不下。

可能你心里的人他真的不太好，他可能不太帅，不太成熟，不太
会关心人，不太……可是不管他有多少缺点，你还是死心塌地喜欢，
你对他的那种感觉是没人能代替的，也许感情有时候就是没理智的
事。朋友都说，他是错的人，说你的付出不值得，可是，放下真的有
那么容易该有多好。不是没人爱，也有人在等待，在等你的注意，可

是……不是他，那个人再好也只能抱歉。

我们都曾偏执，偏执到连自己都心疼，做了那么多，打动了那么多人，却仍是打动不了你最想打动的他。一遍遍感叹如果当初没有认识他，现在的我会不会活得快乐一点。

最难舍弃和他的回忆，难以忘记他说的话，他的笑。心里明明白白知道，他永远不会爱自己，永远看不到自己，却偏执地执着下去。回忆和他的点点滴滴，过一个人的天荒地老，地久天长。

可能总会有一天，我们终会不再执着，不再偏执。但是想到他时的感觉却不会变，一个自己藏在心里那么久的人，一个想到还是会没出息眼红的人，他带来的感觉可能永远不会忘记，就像不会忘记当年自己的固执，固执到执迷不悟。

不管结局如何，我真的不后悔，曾经那么迷恋你，恋到自己都卑微，无数次地说着要把你放下的我，终于做到。

不是不爱，只是明白，再偏执地等下去，你眼里仍旧没有我。

所以选择离开，不再偏执。不去做个偏执爱你的人，回忆里有你就够，未来有我爱也爱我的人亦已足够幸福。那只是青春年少的故事，一个偏执狂的往事。（佚名）

卷　三

谢谢你，
曾经让我爱过你

　　我以为终有一天，我会彻底将爱情忘记，
将你忘记，可是，忽然有一天，我听到了一首
旧歌，我的眼泪就下来了，因为这首歌，我们
一起听过。

感 谢 你 曾 经 走 过 我 的 生 命

无论时光会怎样地老去，我都会感谢你曾经走过我年轻的生命，
感谢你美丽了我心灵深处那片永恒的风景。

不是每一束相遇的目光，都能够让你感到怦然心动，也不是每一
个错过的身影都会令你有着遗憾的心痛。一生中，总会有一个遥远的
地方，依托着一个柔美而浪漫的紫色梦境。

总是在月凉如水的夜晚，想起某个人和那些在生命中灿烂过的时
光，纵使走过了流年的山高水长，也依然会守望着那份如初的美好，
即便是再也见不到那个翩若惊鸿的身影，也无法忘记曾经拥有的至真
至美的感情。

在爱情走过的深深浅浅的辙痕里，始终有你最美的笑容，在如歌
的岁月里温暖着我潮湿的心灵。

在念念不忘的回眸中，触摸着那些眷恋着的美丽曾经，生命里有一个人真正的爱过。那种幸福的感觉就会让人铭记一生。

当清风漫过思念的窗棂，我会忍不住拥紧你的名字，在爱情的故事里微笑着泪光盈盈。

或许人生最美丽的事情，就是时隔多年以后，再次想起某一段光阴时，眼底依然会泛起那一缕旧日的温情。无论时光会怎样的老去，我都会感谢你曾经走过我年轻的生命，感谢你美丽了我心灵深处那片永恒的风景。（朱德义）

彼 时 少 年

我看过了更多年轻的拥抱，他们在人群里肆无忌惮，不顾周遭来去的冷漠面孔，
他们活在两个人臂弯撑起的世界，那是往日的你我。

少年时光如白驹过隙，短暂得让人觉得不曾真正把它握在手上。

夏夜凉风灌满的夜自习，你在那头长声朗读，我把小说夹进课本
里，枕着厚厚的一摞昏昏睡去。下课铃声响起，我惊醒，教室里只剩
课桌那头的你。我到教室后排东倒西歪滴着水的雨伞里找我的那一
把，你在门口小声催促。

雨果然更大了，夜深了看不清雨丝却听得到声音，没有雷鸣，只
是一味地下，像受了委屈的孩子，不知它哪来这么大的怨气。我在门
口看着没脚的水洼犹豫着要不要踏进去，你仿佛看出我的心思，说雨
小点再走吧。那天我正跟你发脾气，具体缘由已不记得，现在想一定

是无关紧要的事，然而再无关紧要在当时也如天大，我一咬牙就踏进了冰凉的水里，自顾自地往前走，你在身后叫我的名字也全都充耳不闻。

耳朵很快被雨声肆意充满，走开不知有多远，忽然发觉听不到你声音，转身也看不到你身影。我有点慌了，又怕往回走和你错过，于是就到校门口等。

你跑过来的时候样子蠢透了，伞拿在手上身上却全湿了。你从口袋里掏出一个什么东西给我让我放好，我看着你徒劳地撑开伞重新走进雨里，消失在十字路口。回去的路上我在口袋里捏着你给我的东西，方形的，有点潮湿，带着体温，我反复用手指摸索它的棱角，想象着你叠它时的心情。

少年时候喜欢一个人，对方也喜欢你，是我能想到的最美的事。你斗志昂扬，无畏无惧，你逆着人潮走向他，你们必须相爱，此时，现在，一刻也不能等。

我曾以为我们和别人不一样，和轻言别离的绝大多数人不一样。我错了。

我再去你的 blog 看到那篇文章，不能说是无意。我不知道你出于什么心境写了那篇文章，我把它读完，然后退出，关机。

我终于等到了一个答案，在很久很久之后。

我看过了更多年轻的拥抱，他们在人群里肆无忌惮，不顾周遭来去的冷漠面孔，他们活在两个人臂弯撑起的世界，那是往日的你我。

我以为变成了更好的自己，就会遇到更好的人，但我没有；我以为不再惦记你，但此时我是这样的想念你。

我收到旧时自己投寄来的凝望，却永远遗失了回信地址。

但我知道，这一切都没有关系。

她终将跋涉抵达，无言站在这里，这是我唯一经历并不断续写的故事。（莫偶然）

曾 经 这 样 爱 过 一 个 人

那时候，爱他，仿佛占满了整个青春年华。

　　曾经这样爱过一个人：爱的人知道，被爱的人不知道。这是暗恋吗？

　　爱着的时候，就整天鬼迷心窍地啄磨着他。他偶然有句话，就想着他为什么要这么说？他在说给谁听？有什么用？他偶然的一个眼神掠过，就会颤抖。欢喜，忧伤，沮丧。怕他不看自己，也怕他看到自己。更怕他似看似不看的余光，轻轻地扫过来，又飘飘地带过去，仿佛全然不知，又仿佛无所不晓。觉得似乎正在被他透视，也可能正在被他忽视。

　　终于有一个机会和他说了几句话，就像荒景碰上了丰年，日日夜夜地捞着那几句话颠来倒去地想着，非把那话里的骨髓榨干了才罢。

　　远远看见他，心里就毛毛的，虚虚的，痒痒的，扎扎的，在猜测中既难受，也舒服，或上天堂，或下地狱，或者，就被他搁在了天堂和地狱之间。

　　爱着的时候，费尽心机地打听他所有的往事，秘密地回味他每个动作的细节，而做这一切的时候，要像间谍，不要他知道，也怕别人疑惑。要随意似的把话带到他身上，再做出爱听不听的样子。

　　别人不说，自己决不先提他的名字。别人都说，自己也不敢保证特别的沉默。

　　这时候最期望的就是他能站在一个、引人注目的地方，这样就有了和大家一起看他和议论他的自由。每知道一些，心里就刻下一个点，点多了，就连出了清晰的线，线长了，就勾出了轮廓分明的图，就比谁都熟悉了这个人的来龙去脉，山山岭岭，知道了他每道坡上每棵树的模样，每棵树上的每片叶的神情。

　　爱着的时候，有时心里潮潮的，湿湿的，饱满得像涨了水的河。可有时又空落落的，像河床上摊晒出来的光光的石头。有时心里软软的，润润的，像趁着雨长起来的柳梢。有时又闷闷的，燥燥的，像燃了又燃不烈的柴火。一边怀疑着自己，以便审视着自己，一边可怜着自己，一边也安慰着自己。

自己看着自己的模样，也不知道该把自己怎么办。有时冲动起来，也想对他说，可又怕听到最恐惧的那个结果。就只有不说，可又分明死不下那颗鲜活的心。于是心里又气他为什么不说，又恨自己为什么没出息老盼着人家说，又困惑自己到底用不用说，又羞恼自己没有勇气对人家先说。

于是就成了这样，嘴里不说，眼里不说，可每一根头发，每一个汗毛孔儿都在说着，说了个喋喋不休，水漫金山。

那时候，爱他，仿佛占满了整个青春年华。

日子一天天过去了，还是没说。多少年过去了，还是没说。那个人像一壶酒，被窖藏了。偶尔打开闻一闻，觉得满肺腑都是青春的醇香。那全是自己一个人的独角戏，一个人的盛情啊。

此时，那个人知道不知道已经不重要了。不，最好是不要那个人知道，这样更纯粹些。在这样的纯粹里，菜是自己，做菜人是自己，吃菜的人还是自己。正如爱是自己，知道这爱的是自己，回忆这爱的还是自己。自己一口口地品着，隔着时光的杯，自己就把自己醉倒了。

　　这时候，也方才明白：原来这样的爱并不悲哀。没有尘世的牵绊，没有的尾巴，没有俗艳的锦绣，也没有混浊的泥汁。简明，利落，干净，完全。这种爱，古典得像一座千年前的庙，晶莹得像一弯星星搭起的桥，鲜美得像春天初生的一抹鹅黄的草。

　　这样的爱，真的也很好。（佚名）

那 年 的 花 开 花 落

我没有给你任何的慰藉，仅仅留下对你的思念，很平淡的思念，
就如你对我的思念一样。绝不是简单的过客，而是刻骨铭心的那个人。

那个夏天，你在不经意的时刻，出现在了我的思维里。本着赌
约，却屈服在了你那干净、纯粹的灵魂里。我爱上了你的沉默，你的
背影，利索地不带走一丝污渍。

这个冬天，我写着对你的思念……

那个雨季，我撑着伞往校外走去，你的身影出现在曾经我站的那
个位置，你也是透过那个蓝色玻璃窗注视着我离去的背影，我躲在伞
里，在笑你傻、也在笑我自己傻。

我向老师请了病假，那时你也在场。我走到那条路上的时候，你

骑着自行车追来了，我有点小小的意外，你知道吗？那时，我联想到了小说那不经意的场景。我很开心，表现得不露痕迹，你陪我从桥的这头走到那头，车链掉了，你蹲在地上修，我已转身离开。等我回头，你已不见了，那里，我还在笑你傻，可是我却笑得流出了眼泪。幸福的眼泪……

　　或许，我真的很残忍，你跟我说所有的事，而我却不曾跟你交换任何心事，跟你比起来，我的心事在你面前会显得苍白无力。我感受你那遍体鳞伤的灵魂，感受你那无心叛逆，周而复始撞击着我的心灵，渐渐被你吞噬。

　　我的日记本里留下了很多关于你的沉沦，写了很多激励你的语言。可却不及给你看，因为我相信，你始终是坚强的。我没有给你任何的慰藉，仅仅留下对你的思念，很平淡的思念，就如你对我的思念一样。绝不是简单的过客，而是刻骨铭心的那个人。

　　我还是很喜欢写小说，没有给你看的那篇幼稚的，带着一点小心的成熟。只是因为带上了你的灵魂，我不及你，你正在为你的梦想打拼，努力，而我却为着我的梦想沉沦、冷默。

　　偶尔会看以前写给你的文字，它没有给我任何的激励，它只是平凡的文字，不带一丝感情色彩，我开始庆幸着，没有给你看。

那年的花开，本是一个错误，但我们给予了它美丽，残花谢了，它终究会谢，而我却永不会忘却，它曾是多么的美丽，它还会开，不是吗？它已经开了，在这个寒冷的冬天，不经意的时候开的……（影子）

菲 薄 流 年 里 ， 我 爱 过 你

我永远会记得的是，在我们的菲薄流年里，曾有你的裙摆摇曳，回眸，浅笑。

与你约好在那个薄夏的午后。

杂草丛生，过道窄小弄堂的小咖啡店里。那天下午的咖啡店甚是冷清。寥寥无几坐落在咖啡角落的几个人。

坐在靠窗的位置，光线也明亮些。头顶还晃着昏黄的挂灯，摇摇欲坠。传来有些轻飘的音乐，稍有些嘶哑的不知名的女声传来。我竟想起很久以前的青涩光阴里，你隔着千山万水在电话的那头为我轻哼的那些歌谣。

现在想来，竟在这样的薄夏午后，带给我一丝清凉。些许的燥热在心间荡然无存。

你推门而进，咖啡店门前的风铃开始叮咚作响。我抬头便看见你，长裙摇曳朝我微笑而来。就像很久以前，我第一次在校园遇见你，扬长裙摆迷乱我的眼睛，拂过我的心境。如杨柳枝飘摇，如白云轻散，如微风轻拂。

"好久不见。"你说。

为你点的那杯黑咖啡早已冷却。你笑着把它放在嘴边轻抿。还是那样的动作，那样的神情。竟让我在那一瞬恍觉隔世。

"好久不见。"我说。

桌上的黑咖啡轻烟袅袅。我亦笑着放于嘴边轻抿。稍许苦涩的滋味于口腔内蔓延，直达心里。竟忘记，在这之前的多少年，我从未尝过这样略带苦涩的味道。

今日偶然一尝，竟是满满陌生的熟悉感。就像此刻的你，给我的，陌生的熟悉感。

嘶哑的女声，仿若从很久的地方传来。我看着你，侧头看向窗外。

那时，阳光斑驳，树枝交错，杂草摇晃，野花丛生。想说点什么，却在触及你的眼神之后，戛然而止。所有的语言，都是隐忍于心的心事。

入夜的那座城市，灯红酒绿。昏黄的路灯，让我想起白天，那盏昏黄的挂灯于头顶摇摇欲坠。

你的白色裙摆摆动摩擦我的牛仔长裤裤管。沙沙沙的声响。我并不知道你听见了没有。

在那样的夜里，我仿佛还能听见蝉在树木的深处嘶叫。我知道，那可能是我不贴近现实莫名其妙的臆想。只属于我一个人的。

"再见。"你说。红绿灯缓慢交替的路口。

你远去长裙摇曳的画面，像老照片定格。

我永远会记得的是，在我们的菲薄流年里，曾有你的裙摆摇曳，回眸，浅笑。

在辗转醒来的深夜，恍然想起，你早已嫁作人妇的种种幕幕。我无法追溯的，仍旧是我还紧握你手的那些菲薄光年。　（尔曦）

我 的 青 春 ， 你 来 过

我的青春有你走过，虽有悲伤，但那悲伤始终抵挡不住你给过的幸福。

恍惚间，那满是纯真的日子已悄然消逝，那颗未经尘世磨砺的心灵已在时间的洗涮下变得日渐成熟，同时也变得现实和残酷，于是，此时的你可以毫不留情地说："对不起，我们永远是朋友！"

虽然我无法听到你的声音，看不到你的表情，但我却似乎感受到了其中的酸涩无奈，往日的一幕幕如凋谢了的鲜花，飘落在这枯黄的季节……

一个变幻莫测的夏天，缘分把我带到你身边，那时的我们同一所学校，同一个队伍，以同样的目光欣赏着对方，同样的心境，同样的倔强。

　　年少的我们怀揣着那颗同样纯真而勇敢的心，行走在同一片静谧的天空下。日子，要总是那么安谐该多好啊！

　　两个人的对话，两颗心的融合，彼时的我们时常用信息发表感言，讨论人生，无所不谈，共同畅享那季节里雨的浪漫，风的清凉，而现在的我，同样行走于雨的淋漓风的包围中，而你的身影却被雨水点点打碎，被风吹散，消失不见。

　　你走了，你提前离开了我们最初相识的学校，没带走一片叶，也未留下一缕光。于是，在你踏上远去的征程时，雨停了，叶不落了，天空也暗淡了。

　　车站里，你一句留恋的话也没说，我也沉默，趁你转身的瞬间我把早已写好的信轻轻放入你的背包，虽然你没看到我那轻微的动作，但我深信，你会发现的。

　　从何而来的信念？在你面前，面对你的离别，我没有留下不舍的泪，努力上翘着嘴角，告诉你："我要我们笑着说再见！"送你的列车缓缓开启，每一声汽笛都令我的心不住地颤抖，眼睁睁看着你离去，直到车影消逝失我的视线中，我才慢慢回过头，手中紧握着我们的大头贴，终于，泪，无声地滑落……

　　你离开以后，留给我的是沉甸甸的思念。想你的时候总有一丝悲凉在心底生起，总有一股忧伤盘旋不去。岁月，就这样，在彷徨间一点点流失，而我们，在岁月的驱逐下一点点长大，我始终相信，时间、距离并不能改变我们的默契。每次聊天，我总是希望能把我所有的勇气和信念都传递给你，给你力量，给你心灵的栖息点，你总是用那几个简单的字眼敷衍我，其实，我知道，那不是发自你的真心。

　　无意中听到你跟朋友说，你不敢对我太温柔，怕以我固执的性格从此不能再回头，你，何曾知道，从认定你的那一刻开始，我就已经无法回头。

　　秋天的风总是夹杂着一丝凄凉，但这并没有影响人们对欲望的追求，所以，这个世界，这座城市，这条街，如昔热闹。而我却不敢停留，不敢驻足，那熟悉的身影熟悉的画面，再次在脑海浮现，不同的是如今只剩我一人躲进这记忆的木匣，翻腾着我们的曾经。

　　你已不再，信息的那头，你用一句"我们永远是朋友"就敷衍了我们的所有，我无异议，亦无资格有异议，我有何理由要侵占你所有的回忆？我们之间，有关或无关，其实简单到不能再简单。

青春里总有那么一丝透明的哀伤，挥之不去，欲知不留，可以是平平淡淡也可以是轰轰烈烈，可，终究，那些人，那些事，不管有多刻骨铭心，也终将在时间的冲刷下变得不再耀眼。

曾经的我们都太天真，以为牵了手就不会再有放下的理由，如今我们已是向各自相反的方向走去，也许，过早的爱注定要以这样的结局收场，只是我还久久站在你身后凝望舍不得放手。

我的青春有你走过，虽有悲伤，但那悲伤始终抵挡不住你给过的幸福；

我的青春有你走过，虽已过期，但那过了期的爱还让人久久不能忘；

我的青春有你走过，虽是遗憾，还是为你祈求，一定要幸福啊！

（蓝新月）

似 水 年 华 ，
恋 上 的 不 过 是 一 段 过 往

当你在回忆过去的时候，你就已经忘了曾经的那份情了，
你恋恋不忘的只是曾经的海誓山盟和那些温柔莞尔的情话。

　　那些随意渲染的青春，那些怆然泪下的情绪，都只是在忆一段
往昔。

　　青春里的只言片语，莫名的情愫，萦绕耳边的那曲曲忧、乐、
喜、悲的调子，都恍若镜花水月。谁也不会永久悲伤，也不会永久欢
乐。总有那么一些人或事影响我们的情绪，每个青春都不会是独家记
忆，每个人的青春都不会是一段留白。

　　看着教室的男男女女，各自地在时光中投影，看着他们舞动着青
春。我却漠然地留在年华里。其实，我们每个人都是一样的，看着别
人的故事欢笑，想着自己的故事流泪。时间，从来都没有为了谁而停

留过，当我们在岁月里镌写着悲伤的时候，它却滚滚而过了红尘。

　　习惯性用文字拈出一指缱绻，阡陌三千，伤离出的是几许尘寰。那些文字，苍白，柔弱无骨，只是透着几多凄凉。

　　在阳光下，我努力地想感受到阳光的温度，那是我触及不到却又从未离开的光。青春年华里，也一度笑得灿烂过，还记得从前的一些令人发笑的一举一动，幼稚，却是温暖的。

　　时间将我们的纯真泯灭了，岁月荏苒，当我们还在年华里旅行，那份天真却已经远去了。

　　其实每一个悲伤的人不过都是在一段过往中沉迷深陷。

　　当幸福于心间流淌的时候，想得更多的就会是她的一切的一切，想的是一辈子对她好，一辈子疼她爱她宠她。

　　若此，就会将那些个离别的曲赋抛之若无，若此，便不会那么忧伤。

　　其实，当你在回忆过去的时候，你就已经忘了曾经的那份情了，你恋恋不忘的只是曾经的海誓山盟和那些温柔莞尔的情话。

　　试着不再去想，试着开始遗忘，你就会发现，其实没有那么多放不下，没有那么多值得你去怀念，没有那么多值得你去眷恋。

　　流年似水，我们都不会有遗憾，每个人的青春都不会是段留白。你会发现，你所眷念的只是一段逝去的往昔。（漠唯殇）

祭 奠 渐 行 渐 远 的 青 春 岁 月

青春是一首不老的歌，吟唱了一季悲伤的恋曲，
曾一度倔强地认为，如果在那个青苹果般的年代，没有一点朦胧心事的话，
便构不成完美的青春，哪怕是一段没有结果的爱恋。

大风又开始刮了，刮得漫天都是尘土飞扬，旋转着随意的弧线迷茫了过往的眼眸，那带哨的风声从天而降鬼哭狼嚎般地荒凉了整个春季的上空。

阳光永远是温和的，只是风有点肆虐罢了，可心还是那么莫名地被揪了起来。见不得这样的情景，是因为它触痛了记忆深处一段刻骨铭心的时光。

很多年后的今天当说到青春的时候，不由得就会想起十八岁的春天，因为它是整个青春年华里的缩影，似乎这个季节涵盖了我所有年少轻狂的日子。那年开始有了成长的迷惘，有了离别的不舍，也有了

懵懂的心事。当时是毕业班临近中考，对未来第一次有了一份战战兢兢和犹豫不决，就像处于人生的十字路口却不知朝哪个方向走一样，前途在我的眼里是一个无法预知的概念，每向前进一步都带着惊恐与忐忑，因为谁也不能预料前方是怎样的一个陷阱或芳草林。看着有的同学的父母为他们铺就的光明大道，我居然淡定着一颗心，一切顺其自然随遇而安吧，只要尽自己最大的努力就无憾。

青春是一首不老的歌，吟唱了一季悲伤的恋曲。曾一度倔强地认为，如果在那个青苹果般的年代，没有一点朦胧心事的话，便构不成完美的青春，哪怕是一段没有结果的爱恋。

十八岁的春天开始有了一份懵懂的情感在心深处悄悄地潜滋暗长，带着些许暗淡的幸福填充着青春年华里最美的分分秒秒。

习惯了独自仰望那处看得见的风景，像细水长流一样悄无声息却又回味悠长，很多的时候会在无眠的夜晚，于一个人的独角戏里放逐一种情怀，一份念想，即使无疾而终也会跟随感觉情愿沦陷在深邃的目光中忘了时光的回旋。

很多年后的春天，当大风把黄沙卷起老高的时候总会触景生情，然后用一首歌的时间去怀念一段老去的岁月，回望来时的路终究是明白的，有时我们念念不忘的不是一个人，而是一份刻骨铭心的感觉，毕竟在那个青涩的年代里曾经为某个人黯然神伤拨动心弦。

青春走远了，留在了那个最美的季节，定格成流年里最美的一幅画。曾信手涂鸦描绘着一份心情，用最真挚的心祭奠渐行渐远的岁月年华。（夏尔）

谢 谢 你 ， 曾 经 让 我 爱 过 你

我们都为青春和爱情痛苦过。谢谢你，曾在我生命中出现。

　　时间总是不经意间从我们指尖流逝。我们能抓住的唯有记忆，包括伤悲的、美好的过往。青春总需要一些疼痛让我们刻骨铭心，总需要一些伤疤证明我们年少过。

　　于记忆中走了很久，你的样子还是如此的清晰，可是我的心为什么还是会隐隐作痛！原来曾经的你占据了我整个青春。

　　曾经的岁月已悠然遁去，也带走属于我们的曾经。时间是世上最无情的东西，因为它会慢慢地抹杀一切，即使是那天荒地老的海誓山盟。同时，它又是世上最好的疗伤药，总有一天它会抚平所有的创伤。念及过往，那片片白帆漂远的海上，是谁踏浪而来？薄薄的记

忆，被谁说穿？是我跟不上你的脚步，还是你不曾关注过我。所以你走得是那么的干脆，丝毫没有一点留恋。

我一直是一个不善等待和挽留的人，所以你走的时候，我也只能将爱恋锁在眉目之间，只是你未曾注意到。有谁挽留那些花朵？听任淡淡的香，揪心的痛。撕碎的心情，蝴蝶般慌乱飞散，我早已看不清自己。

在那惆怅的风中，谁和谁的喃语零落，只有影子与我相守。紧握双手，是谁在我的心碑刻上你的名字，犹如铭骨的仇恨，每次想起，总要战栗。

痛醒在这沉夜，月色胜水，我忍着内心的呼唤，一直不敢叫一声。是雨是泪，跌溅风里喘息不定的哭泣，凄然如泥，爱在这条孤楚酸痛的路中流浪。从此，总是带着难言的心情走在雨中，总是对着灰色的星星雨情有独钟，我是一片被你背影湮没得无法呼吸的树叶，轻轻地沉落着……

到底是什么让你放开我的手，那么坚决。你要好好走，好好抹去我，好好去爱别人。如今，我只能叫你别人的女孩。终有一天，你有你的幸福，我也有我的归宿，只是我的归宿里没有你，而给你幸福的人不是我。我不会祝福你，是你先违背了所有的诺言。我也不会恨你，你有你的选择。

　　青春的底蕴就是孤独的，抑或是孤独弥漫了整个青春，所以我们都为青春和爱情痛苦过。

　　谢谢你，曾在我生命中出现！也谢谢你，让我爱过！（乌夜啼）

庆 幸 花 样 年 华 里 有 你

一直很庆幸，可以和你相遇在这部青春的剧本中。
一直很庆幸，可以和你一起携手蹚过这条青春的河流。
一直很庆幸，可以和你一起回忆曾经度过的春华秋实。

多年以前，一首伴随着成长的歌谣，一本记载着时光的日记，搭配在一起后，便形成了一个叫作青春的词汇。那是我们第一次体会人生的美好，也是我们第一次懂得了珍惜的意义。

纵观这条漫漫的人生路，似乎一切都是那么的匆忙。昨夜的梦依旧诠释着那段诗意的吟咏，而今时的月光却将那一幅幅微笑的面庞，从陈旧的时光里，风逝了所有记忆的回音。

或许，有很多事情，只要过去了，就注定会成为故事。生命中也正是因为这样，由于一些人的走进，所以故事才会变得那么的多姿多彩；也正是因为这样，由于一些人的离去，故事才会变得如此的不同寻常。

　　匆匆地相遇，匆匆地别离，体会着此间情愫，我也只能用沉默来将所有的叹息隐藏。我告诉自己，要坚强，要学会用微笑来面对一切，即使冰冷的寂寞冻结了生命里所有的温暖，最终幻化成一场没有边际的雪夜，我也依然要微笑着，不为其他，只为我对那些相遇或别离的珍重与不舍。

　　常常在每一个安静的午夜对着明月自问道：这一世的经历，我铭记了多少？又遗忘了多少？奔波于匆匆忙忙的岁月间，早已记不清生命中来过多少人，又离去过多少人，关于曾经，我也只能在心里将其模糊地定格。

　　一直很怀念，那些曾陪伴我走过一段又一段岁月的你。
　　一直很怀念，那些和你一起相处过的时光。
　　一直很怀念，那些和你一起经历过的点滴。

　　忆往昔时，我不知道我到底遗忘了多少，还记得多少。可不管是熟悉的还是陌生的，我似乎又都不曾忘记，只是不知道为何，突然间就想不起来了，或许这就是岁月的可怕之处吧！错过得越多，忘记得也就越多，而忘记得越多，想要找寻得也就越来越多了。

记得有人说过："没有思念的人生就是残缺的人生！"在我们色彩斑斓的青春里，思念或许是最美的一道风景，也是最值得去品味的一门艺术。也许我们的成熟，都离不开思念的音符，就像流沙的曼舞离不开风儿一样。时光太长，思念太多，不知不觉间，我们都走到了青春散场的边缘。

一直很庆幸，可以和你相遇在这部青春的剧本中。

一直很庆幸，可以和你一起携手蹚过这条青春的河流。

一直很庆幸，可以和你一起回忆曾经度过的春华秋实。

虽然，时光无情流逝，但是我们的故事，却从来不曾褪色，我会永远感怀着，铭记着，这段只属于我们的青春献礼。（残月）

亲 爱 的 ， 你 曾 路 过 我 的 爱 情

亲爱的，你曾经路过我的爱情。
我不知道下一个旅行地，你会选择哪里，
但现在的我，只能在心里默默祝福你，望你一切安好。

　　你说，一个人，一部手机，一幅地图，你就会选择去旅行。在网上看到你发的这条信息后，我多想告诉你，如果去旅行，可以带上我吗？

　　能够在偌大的校园里，遇见你算是一种缘分，只是当我想慢慢靠近你时，你就会退得远远的。你告诉我，你不是一个会安稳下来的人。

　　其实我知道你的心思，你说某某很优秀的时候，我就已经猜出来了。只是我不想点破，于是始终保持着两人之间的距离。

　　如果可以以朋友的身份守在你身边，我也会很开心。我不是一个

贪心的人，只是希望能够听你说说话，知道一些更多与你有关的事。

　　当我在校园里看到或者听到一些与你有关的，我都会非常激动。也不知道从何时起，我的好朋友也会告诉我你的事。原来我一直以为自己可以隐藏得很好，没想到她们都会知道。

　　面对这样的念头，我会害怕。有时候我想你要是有女朋友也好，至少证明你会谈恋爱，可惜你没有。有时候我又庆幸，你没有，却怕你说在大学期间不谈。

　　现在，我们都毕业了。我知道我们同住在一个城市，只是你在城市的东边，而我在城市的西边。就像两条从未相交的平行线，最终再也不可能有任何的联系。

　　只是偶尔会在 QQ 再看到你的消息，你又去了哪个城市，又或者小小地抱怨一下现在的生活状况。这些消息也算是提醒我，亲爱的，你曾经路过我的爱情。我不知道下一个旅行地，你会选择哪里，但现在的我，只能在心里默默祝福你，望你一切安好。　（佚名）

卷 四

趁我们都年轻，
趁我还爱你

　　青春就像是一场大雨，淋过，干透，看
似什么都没有，却殊不知，那些痕迹，已牢
牢占据在你的心底，而且残留下的，总是美
好而又清澈。

我 只 爱 过 一 个 正 当 最 好 年 龄 的 你

我行过许多地方的桥，看过许多次数的云，喝过许多种类的酒，
却只爱过一个正当最好年龄的人。

　　一个白日带走了一点青春，日子虽不能毁坏我印象里你所给我的
光明，却慢慢地使我不同了。一个女子在诗人的诗中，永远不会老
去，但诗人他自己却老去了。想到这些，我十分犹豫了。

　　生命是太单薄的一种东西，并不比一株花更经得住年月风雨。用
对自然倾心的眼，反观人生，使我不能不觉得热情的可珍，而看重人
与人凑巧的藤葛。在同一人事上，第二次的凑巧是不会有的。我生平只
看过一回满月。我也安慰过自己，我说：我行过许多地方的桥，看过许
多次数的云，喝过许多种类的酒，却只爱过一个正当最好年龄的人。

　　你不会像帝皇，一个月亮可不是这样的，一个月亮不拘听到任何

人赞美，不拘这赞美如何不得体，如何不恰当，它不拒绝这些从心中涌出的呐喊，你是我的月亮，你能听一个并不十分聪明的人，用各样声音，各样言语，向你说出各样的感想，而这感想却因为你的存在，如一个光明，照耀到我的生活里而起的。

"萑苇"是易折的，"磐石"是难动的，我的生命等于"萑苇"，爱你的心希望它能如"磐石"。

我原以为我是个受得了寂寞的人。现在方明白我们自从在一起后，我就变成一个不能同你离开的人了。

三三，想起你，我就忍受不了目前的一切。我想打东西，骂粗话，让冷气吹冻自己全身。我明白我同你离开越远反而越相近。但不成，我得同你在一起，这心才能安静，事也才能做好！

三三，我这时还是想起许多次得罪你的地方，我的眼睛是湿的，模糊了。我先前对你说过："你生了我的气时，我便特别知道我如何爱你。"我眼睛湿湿地想着你一切的过去！我回来时，我不会使你生气面壁了。我在船上学会了反省，认清楚了自己种种的错处。只有你，方那么懂我并且原谅我。

我就这样一面看水一面想你。我快乐，我想应同你一起快乐；我闷，就想你在我必可以不闷；我同船老板吃饭，我盼望你也在一角吃饭。我至少还得在船上过七个日子，还不把下行的日子计算在内。你说，这七个日子我怎么办？我不能写文章就写信。这只手既然离开了你，也只有这么来折磨它了。

　　为了只想同你说话，我便钻进被盖中去，闭着眼睛。你听，船那么"呀呀"地响着，它说："两个人尽管说笑，不必担心那掌舵人。他的职务在看水，他忙着。"船真的"呀呀"地响着。可是我如今同谁去说？我不高兴！

　　尽管从梦里赶来，沿了我所画的小镇一直向西走。我想和你一同坐在船里，从船口望那一点紫色的小山；我想让一个木筏使你惊讶，因为那木筏上面还种菜；我想要你来使我的手暖和一些。我相信你从这纸上可以听到一种摇橹人的歌声，因为这张纸差不多浸透了好听的歌声！

　　一切声音皆像冷一般地凝固了，只有船底的声音，轻轻地轻轻地流过去。这声音使你感觉到它，几乎不是耳朵而是想象。这时真静，这时心是透明的，像一切皆深入无间。我在温习你的一切。我称量我的幸运，且计算它，但这无法使我弄清一点点。为了这幸福的自觉，我叹息了。倘若你这时见到我，我就会明白我如何温柔！

　　一切过去的种种，它的结局皆在把我推到你的身边和心边，你的一切过去也皆把我拉近你的身边和心边。我还要说的话不想让烛光听到，我将吹熄了这支蜡烛，在暗中向空虚去说！（沈从文）

我 也 喜 欢 那 年 喜 欢 你 的 我

那种喜欢，或许一生也就只能那么一次了。

"谢谢你喜欢我。"

"我也很喜欢当年那个喜欢你的我。"

听到这样的一段对白，心里总会咯噔一下。这里面明明藏着很多时光的秘密，虽然结果并没有美好到死，可是那种时过境迁后的小波澜却比死动人。

我们都有过那种把喜欢一个人，看作和吃饭、念书、走路一样重要的日子。自己的心里像是默默地打开了一个开关，早晨一睁眼就想到一会儿早操能不能见到他，在返回教室的拥挤人潮里准确地分辨出他的背影心跳加快，装作不经意地和闺密一起路过某间教室和他不期而遇，认真对待每一场期末考因为这决定了能和他分在一个考场，明明爱晴好灿烂却看到他爱的阴天替他高兴不止。

那个我，浑身充满了莫名其妙的动力，生活被有序地分为了看到他的和看不到他。看不到他的时候，我和我自己的幼稚的梦想一起并肩作战，看到他的时候，我会偷偷地想，他什么时候会从我的梦想变成和我一起并肩作战的人。

那个我，把喜欢看得好郑重也固执。不愿随随便便地写信给他，信纸要精挑细选，内容要精雕细琢，写得自己也被感动，坐在半夜的房间里掉眼泪。想要探究关于他所有的世界，在他的朋友们那边一点点的收集细枝末节，还原出一个我不知道的他，然后听他爱的音乐走他走过的路，心里满溢的是欢喜。

那个我，相信一切的美好。他的声音和冷幽默相得益彰，他的沉默寡言映衬着内心的千山万水，他操场上模糊不清的身影有着别样的美感，甚至一厢情愿地将美好封存至很多年后。

好些年后，当经历了一些人事之后，我突然发现，好难找到词句来定义那样的喜欢。比暗恋要多一些，比恋情要少一些，像是一种简单的信仰，傻傻的坚守。

　　那种喜欢，或许一生也就只能那么一次了。

　　那样子倾心的喜欢，也让我相信了，我有能力这样去付出，用力爱，用心爱，尊重爱的价值和意义。

　　我的人生并不像是热门的青春热血电影桥段，始终没能听到过有人对我说起"谢谢你喜欢我"。只是偶然翻看那年的毕业纪念册，看到一堆记忆碎片之后的这样一段话："以上是有关我的一些片段，和我与你的一些片段，供你源源不断地回忆"。禁不住嘴角上扬，原来他比我更早明白，回忆总是美好的。

　　后来遇到张老师的时候，已经像是另一个故事的开头。当我像是一个经历很多的大人，小心矜持，应对得体时，还是终究被他识破了，那副外表下面的，源自很多年前的柔软美好，已经筑起一座城堡，静候有心的人的光临。

　　瑕疵，完满，相聚，离开。我想说，我们终会在生命的某个转角里发现，那些被辜负的被隐匿的被埋葬的喜欢，并不是毫无意义的。

　　（锁锁）

默 然 思 念 ，　寂 静 欢 喜

青春就像是一场大雨，淋过，干透，看似什么都没有，却殊不知，那些痕迹，
已牢牢占据你的心底，而且残留下的，总是美好而又清澈。

月光茫茫，却照不见家乡的方向。我睁大我的双眼去眺望，只是
不知道，何时，我们的默契才能那么长。

翻开年少的记事本，每一个字，似乎都能看到你的影子。成长是
一段锥心的疼痛，不计后果的那段，叫作青春，我耗费整个青春的时
间做一场豪赌，只是，赌桌的另一方，你从未在那里出现过。

时光容易把人抛，红了樱桃，绿了芭蕉。

几年时光，我们之间也不过寥寥几语，你一定不知道，自己曾频
繁地在一个女孩的日记本里出现，我不知道，这是不是所谓的爱情，

或许，只是因为觉得青春太过平淡，才想把自己所有的热情不计后果地倾灌，即使头破血流，也还是觉得无怨无悔。

青春就像是一场大雨，淋过，干透，看似什么都没有，却殊不知，那些痕迹，已牢牢占据在你的心底，而且残留下的，总是美好而又清澈。谁的青春不落大雨。就像是现在回想，你的一切，总是美好而又遥不可及。

遗憾吗？自然遗憾，遗憾没有与你多些交流，多些互动，更遗憾没有向你表达我的思念，但我不会说"如果"，不是知道不可能会有"如果"，而是知道，正因为有太多遗憾，人们才造了"如果"这个虚妄之词，将那些遗憾寄托，但最后得到的，也只是翻倍的后悔罢了。

你就像是我青春的一个影子，摆脱不了青春，便摆脱不了你。有人曾说："宁负韶华，此生向晚，只为与你相守。"我想，我没那么大的胆量，年少轻狂，那些逝去，即使遗憾，也很美好，何苦只为一个未知的结局空负此生。

人生匆匆，花海无边，或许你就是处在繁华深处的那个美景，一眼望过去，满眼满眼都是你，于是，最美的年华中，便再也忘不掉你。

　　成长中，我们总是要经历深刻而疼痛的磨炼，才能一步一步长大，长成无人能伤害，坚不可摧的模样。或许，我们都曾以为花海深处才是最美的落目点，但当我们为他倾注过情感后，才会发现只有适合我们眼睛看的风景，才是最为舒适的，很多时候，我们之所以孤独、寂寞，只是因为眼睛里，再也容不下别的风景而已。

　　青春是一场盛大的海啸，但海啸过后，终归会风平浪静。我知道你终将变成我的回忆，我亦知道，我只是你生命里的过客，写不出你美好的结局。

　　所以，在青春的尾巴里，让我抓住你，在接下来的时间里，寂静欢喜。（路上）

一 场 一 笑 而 过 的 回 忆

什么暧昧，什么喜欢，都已经随风逐流，
宛如一本书，一页一页地被风翻去，直至最后一页。

　　有些东西不是前程似锦，有些东西也不是锦衣玉食，只是在还未开始前就已经预示着结束。

　　走过来的，走过去的，又何妨，反正，时间久了，都将会被冲淡，而且，不留痕迹。

　　就如男孩与女孩一样，原本，女孩以为自己会一辈子记住那个男孩，谁会知道，才短短的几年，就已经被时间给消磨殆尽了。时间真的是把很好的雕刻刀，至少，把一些该记住的都深深地刻在了脊背上，好似甲骨文一般，遗留千年。但是那些不该记住的，却已经被它流水般无情地冲走，怎么都找不回原来的路。

　　女孩有时会想，那也许就是初恋吧，虽然并没有开花结果。然而，人总是在长大，经历的几年里，烦琐，劳累，早已把这点算是美好的记忆挤掉。小小的空间里，除了日子，再也容纳不下其他的事情。情人在分手时会说希望再见亦能是朋友，可惜，这样的话语不过是一种自我的心理安慰，再见怎么可能还是朋友，走过的路，品过的痛，已经把两人推向了陌路。

　　再次见到男孩时，只是远远地望了一眼，便匆匆而过，而此时，他的身边没有她，她的身边也没有他，可是，两人已是陌路一样的过客，没有任何的言语。曾经，女孩认为，这辈子能够记住的人有三个，父母还有男孩，可是岁月竟然开了这么大的玩笑，嘲讽着自己的记忆，也嘲讽着自己的情愫。

　　原来，那不过是一场年少的萌动，根本就无言可说，此后的许多年里，成了一场可笑的讽刺，原来自己是多么的不在意，只觉得，做小孩子时，真不懂事。

　　什么暧昧，什么喜欢，都已经随风逐流，宛如一本书，一页一页地被风翻去，直至最后一页。

　　当一切都平淡后，无论女孩怎么回想，都再也勾勒不出男孩的轮廓，曾经熟悉的，已然是白纸一张。嘴角轻轻一撇，那抹讽刺的笑容又再重新回到了女孩的脸上，很久，已经没有见过这样的自己。

　　原来，初恋最后在自己的眼中，只是一场一笑而过的回忆。（夜之魅影）

爱 由 心 生

在每个人的心里，总有这样一段圣洁得让成年后的你也苦苦忘怀不了的爱恋，堆满了某个角落。

　　青春懵懂的年代，谁都对爱情充满了无尽幻想和憧憬。

　　躲避却又渴望那双盈盈或灼热的目光，害怕却又欣喜于那种怦怦心动的感觉。一次偶然的四目相视，一次意外的指尖相碰，一个不小心的转身凝眸，都让春心萌动中的我们，感到浑身燥热，心里涌出甜甜的、情不自禁的喜悦。

　　年少轻狂时，向往却又惧怕着爱情。虽然有惧怕，但它依然美，而且美得无可替代。它神圣得如一位绝色仙女，让我们甘愿放弃一切，独自忍受种种煎熬和痛苦，跋山涉水，只为一睹她的芳容。

呵，青涩而纯美的爱恋！我想，在每个人的心里，总有这样一段圣洁得让成年后的你也苦苦忘怀不了的爱恋，堆满了某个角落。

时光飞逝，多年后，我们才明白：原来爱情根本不是那么回事，那些只是让我们在成长中，慢慢懂得爱情，但并不是真正邂逅爱情。

情窦初开时，也许你只是喜欢上他忧郁而深邃的眼神，也许你只是留恋他高大伟岸的背影，也许你只是心动于他侧面轮廓有致的脸庞，你不敢靠近和正视他，甚至害怕和他说半句话。你以为：这就是爱情。于是，你把它深深地、深深地埋在心里，想起，你就会心跳加速，脸发热。

当有一天，你终于鼓足勇气把一切都告诉了他，却发现他对你的这份深情厚意熟视无睹、满不在乎，于是，你恨他，恨透了，恨得咬牙切齿，你在日记里写下这样的句子："由爱生恨，爱极生恨。"恨了一段日子后，你不想也不愿恨了，你的日记里又出现了这样的话："爱，是付出，而不是占有，既然爱他，就随他去吧！祝他幸福！"其实，这些，都是你在书上看到的，你根本不清楚自己恨他到底恨到何种程度，甚至连爱恨情仇究竟是什么，你也搞不懂，你也不知道怎样去为他付出。

一切，都是那样懵懵懂懂、迷迷糊糊。多年后，你终于晓得了：

那就是初恋啊！

　　年轻时的爱恋，是最美的，但也是最脆弱、最短暂的，它就像一片水晶，晶莹剔透，却太易碎。它掺杂了太多不成熟的东西，口口声声说爱他，可为什么爱，爱他什么，自己根本给不出答案，更何况从来就没有接近过他，也从未了解过他；信誓旦旦地说要为他付出，可该怎样为他付出，该为他付出什么，你根本一筹莫展，所有的决定好比一句空话。

　　也许，你非常非常欣赏他，非常非常喜欢他，甚至是倾慕他，但你却接近不了他，无法接近，也不能接近，一旦接近，原本在他身上的许多在你眼里完美至极的东西，会大打折扣，因为你对他的爱恋原本就只是建立在你所看到的表层，透过表层再看本质，你会发现原来他并没有你所想象的那样优秀。

　　如果你的爱恋是建立在喜欢他的优点上的话，那这时，你的初恋将画上不圆满的句号。

　　走过初恋，终有一天会遇上爱。他不再那么难以靠近，你和他很亲密。当在对的地点，对的时间，遇上了对的人，爱情就悄悄降临了。这个时候，不管他身上有多少缺点，而你看到的总是优点多于缺点；不管他有多么差劲，某个时刻让你非常懊丧，可他在你心里还是独一无二；不管他多么不会讨你欢心，一颗猪脑袋时常让你生气，可你还是对他情有独钟。

和他手牵手一起走过洒满绿荫的羊肠小道，一起待过河边杨柳飘飘的堤岸，一起跑过人声鼎沸的大街小巷，你想着玫瑰的浪漫和千纸鹤的柔情，你想着就这样永远和他生活在一起——呵，那份牵手的感动啊！那样深情的凝眸啊！那次羞涩的浅吻啊！那么美丽的誓言啊！

可是，你们终究还是分开了，因为在人生的岔路口，现实逼迫你们选择了不同的方向。他在北方，你在南方，相隔千山万水，万水千山。有一天，电话里，你们吵架了，吵得特厉害，你伤了他的心，他也毫不退缩地伤了你的心。爱情放回现实里，原来这样容易走到岌岌可危的地步，原来这样不堪一击。你终于意识到：是分是合？是放是留？并不是你一个人能决择得了的，并不是单纯地深爱着就能跨越现实，并不是相爱的人不顾一切就能走到一起。

任何事物，一旦脱离现实的轨道，其生命周期绝对不会很长。现实生活中的爱情，没有那么多风花雪月的浪漫，也没有很多柔情万种的唯美。玫瑰的浪漫，千纸鹤的柔情，也许能让那些誓言更美、更动人，但终究离现实太遥远。

　　现实里的爱情，也是逐渐成熟的爱情，也许不全部都是柴米油盐、锅碗瓢盆的琐碎和庸俗，但要想让它长久保持那份激情，要想让它坚如磐石，双方必须懂得经营之道才行——爱情是要用心调理、浇灌和呵护的。虚幻而炽热的爱恋，只能说明你爱过，为爱疯狂过，但并不能说明你的爱只为他一个人停留。

　　只有经过时间的考验，距离的阻隔，记忆的加深，思想的成熟，爱意的沉淀，当浓烈的爱变成了平平淡淡而持久的深爱，才能说明你和他真的一起走过，你们真的彼此深爱过。而这时，你和他的爱情，不再是用约等于号来表示，而是用全等于号了。

　　当你和他都明白了这些道理，彼此都用心来挽留对方，所有的误会都被爱所融化。战胜现实的唯一办法，就是用爱去理解、包容和信任对方。

　　在你和他分开的日子里，身边出现那么几个让你留恋心动过的异性，在某一段非常短暂的时间里，某一个他会在你心里稍停片刻，只因他的某些神情太像你魂牵梦萦的他，但过后就会忘记，不再想晓得他的行踪。然后，某年某月的某一天，在某个地点，你和他偶然相遇了，你会坦然一笑，礼貌性地问一句："你过得好吗?"也许在某个时刻，你会突然想起他，但你不会去寻找那个好久之前就被你不知乱扔到哪里去的手机号码。

因为你很清楚，他只是你生命里的一个匆匆过客。或者，你把他变成了永远的朋友，顶多红颜知己，你会在乎他，关心他，帮助他，但你不会去爱他。

同时，你爱的他，一直在你心里，是谁也替代不了的。在每天繁忙的工作中，你总会想办法停下一小会儿想想他，想想你和他在一起的日子。在每天晚上沉沉睡去的前一秒钟，也许你满脑子装的全是他的身影。

在最脆弱、最无助、最难受的日子里，只要每晚能接到他的电话，听听他的声音，哪怕他什么也没说，你什么也没告诉他，你心里也会感到是那么踏实、温暖和甜蜜。寂寞而孤单地穿梭在一个繁华纷乱的城市，你的心却静若止水，一切，只为一个人，只为一份爱。

再也没有人能撩拨起你青春的爱恋，不是因为你老了，而是因为你的爱情熟了，你的感觉在不停地告诉你：没有人能比他更了解你，也没有人能像他一样包容你，更没有人能比他还爱你。

所以，你愿意为他停留，愿意为他等待，愿意为他守候，愿意为他耗费你仅有的青春年华。

　　十年，二十年，三十年，甚至一辈子，你都愿意等下去，等他兑现誓言，等他迎你上门，等他娶你为妻。"问世间情为何物，直教人生死相许。""两情若是久长时，又岂在朝朝暮暮？"

　　时间让你和他的爱情，趋向于一种现实，就是平淡；升华出一份情感，名曰念念不忘；沉淀出一种东西，叫作心心相印。"平平淡淡才是真""此情无计可消除，才下眉头，却上心头""身无彩凤双飞翼，心有灵犀一点通"——这就是你执着的爱情。

　　现实爱情，不一定轰轰烈烈，只求真真切切、实实在在。用爱打造生活，用爱开创未来，用爱润甜生命。（白色秋天晴）

初 恋 情 结

其实每个人一生中，心里都会藏着一个人，也许这个人永远都不会知道，
尽管如此，这个人始终都无法被谁替代，而那个人就像一个永远无法愈合的伤疤，
无论在什么时候若是被提起或是轻轻地一碰就会隐隐作痛。

初恋是每个人都会经历的一段情感，无论是美好的还是遗憾的都
是那么令人难忘。

20 岁的羞涩，一个慢热的女孩最初感觉到了初恋的美好。然而
幻想着美好初恋的小女孩，还没有真正开始的初恋就已经结束了，虽
然不是那么美好，但她还是很满足，因为她努力过，现在回想起来还
是能羞红脸颊，想起那时的纯真。

柔和的天气，舒适的气温，宜人的阳光，最初的懵懂的男孩女
孩，公车上，当他的手偷偷碰触到她的手时，也是对她那颗小小的心
的触碰，那一瞬间，脸颊绯红，小鹿乱撞，让女孩庆幸的是那美丽的

夕阳余光，使她初恋的羞涩不会被他一览无余，十指相扣的美好，两颗小鹿般乱撞的心，就在那美丽的夕阳余晖中不停跳动。

沉默寡言的小女生几乎没有说一句话，没有任何反应，因为她不想打破那十指相扣的宁静、美好，那是她幻想过无数次，梦见过无数次的情景，她只是静静地感受他手心传来的温度，那是幸福的温度。静静地享受着这种初恋的美好。

望着车窗外过往的汽车，女孩思绪乱飞，她又幻想着他们会有美好的以后。然而，她不知道这也许是他们最后一次的相处。

她还没来得及说出什么，一切却已经结束，初恋的美好也就随之而去。

然而初恋的羞涩与美好却是女孩心中的秘密，坚强的女孩选择把他藏起来，藏在心的一角，在她心里永远有一个角落是灰暗的，那扇窗随着初恋的结束也永久地关上了，从没打开过！嘻哈的女孩回到了以前的自己，但却把自己包裹得紧紧的不接受一切。

其实每个人一生中，心里都会藏着一个人，也许这个人永远都不会知道，尽管如此，这个人始终都无法被谁替代，而那个人就像一个

永远无法愈合的伤疤，无论在什么时候若是被提起或是轻轻地一碰就会隐隐作痛。（笨蛋筏筏）

繁 华 落 尽 ， 依 旧 爱 你

我暗恋你，也许你不曾知道，但它却是我几年来最幸福的秘密。
是的，我喜欢你与你无关，可是我希望你能感受到这份幸福。

篮球场上寻觅着你的身影，纯蓝色的队服，正如我对你的心一般纯净，透明。我想念你队服上的 5 号队码。我想念走过你身边淡淡的汗香味。

我想念我们在走廊里偶遇的情景。

我想念你叫我小学妹时我紧攥的双手。

我想念我们在回家路上那棵落叶的梧桐树。

我曾在那棵树下对自己说过，我喜欢你。但是我却始终没有勇气对你说。我喜欢你。真的。繁华落尽，我对你的感觉从未改变，而你，是否愿意陪我一个阳光的未来。

曾经在我最美好的时光里遇见你，我把这样的遇见定格为幸福；在那些日子里我为这样的幸福付出了很多，只是付出越多的时候，幸福反而离我越来越远。于是我迷惑，不得而知的结局，却渐渐明白了幸福需要淡泊，爱情需要沉淀。待到这一切都平静之后，所留下的才是真正属于自己的东西。转眼即逝的是青春，点点滴滴，剪碎在那时的回忆里。

我们可以忘记很多，唯有初恋的情怀叫人难以忘怀。那些美丽的年华，那些十指紧扣的岁月，是不是在多年后的今天依然让我们缅怀？

情窦未开时遇到你；情窦初开时喜欢上你。

然后在人生最美好的青春年华，再也无法让别人走进我的内心深处。

我暗恋你，也许你不曾知道，但它却是我几年来最幸福的秘密。是的，我喜欢你与你无关，可是我希望你能感受到这份幸福。

关于暗恋——要花一生的精力去忘记，去与相信与希望斗争；事情从来都不公平，我在玩一场必输的赌局，赔上一生的情动。

关于暗恋——没结局，没开始，没再见，没失去，没得到，人生若只如初见……

关于暗恋——是成全，你不爱我，但是我成全你。真正的暗恋，是一生的事业，不因他远离你而放弃。

关于暗恋——只是一个人的事情。和任何人无关。爱，或者不爱，只能自行了断。

我记得那青春时美妙的一瞬，在我的面前出现了你，有如昙花一现的幻影，有如纯洁之美的精灵。在绝望的忧愁的折磨中，在喧闹的虚幻的困扰中，我的耳边长久地响着你温柔的声音，我还在睡梦中见到你可爱的面影。许多年代过去了。狂暴的激情驱散了往日的梦想，于是我忘记了你温柔的声音，还有你那天仙似的面影。

我的岁月就那样静静地消逝，没有神往，没有灵感，没有眼泪，没有生命，也没有年轻的爱情。

如今灵魂已开始觉醒，于是在我的面前又出现了你，有如昙花一现的幻影，有如纯洁之美的精灵。

我的心狂喜地跳跃，为了它一切又重新苏醒，有了神往，有了灵感，有了生命，有了眼泪，也有了爱情。

某一瞬间，你终于发现，那曾深爱过的人，早在告别的那天，已消失在这个世界。心中的爱和思念，都只是属于自己曾经拥有过的有关青春的纪念。我想，有些事情是可以遗忘的，有些事情是可以纪念的，有些事情能够心甘情愿，有些事情一直无能为力。我爱你，这是我的劫难。

走过熟悉的街角，看到似曾相识的背影，突然就想起一个人的脸。明明自己心里有很多话要说，却不知道要怎么表达。

想去你在的城市，看你看的天空，呼吸你呼吸的空气。更想回到青春，抚摩你年轻的脸庞。

常常在回忆里挣扎，有很多过去无法释怀。有天突然看不到自己未来的样子，迷茫得不知所措。

我只是你生命中的过客，而你却是我爱情的终结者。

你存在的意义，是诠释了我仓促青春里的爱情。也有很多次我想要放弃了，但是它在我身体的某个地方留下了疼痛的感觉，一想到它会永远在那儿隐隐作痛，一想到以后我看待一切的目光都会因为那一点疼痛而变得了无生气，我就怕了。可是我从没怀疑，爱你，是我做过的最好的事情。

　　一段回忆，一场青葱岁月里的故事，关乎爱情，又似乎与爱情无关。再回头看，涩涩的，却又是纯真的；再回头看，遗憾，也变成了清婉的回味。

　　偶尔也会想象，一个天比海蓝的日子，走在洒满树荫的绿色小路中，可能会穿校服可能是十分休闲的Ｔ恤，还有着校园女生的青春。
　　然后，不知在哪一个转角或者路口一抬头便撞上某人的眼。在每一个女生心里第一个爱上的少年似乎总有一张想忘忘不了的脸，然后又不知道下次会在怎样的地方不期而遇，你看着他，他认出你，干净的脸浮出干净的笑，缘分的种子悄悄种下，然后越来越多的遇见不是你故意就是他故意。

　　年少时最美好的事情应该就是你喜欢已久的少年正好也喜欢着你，甚至也许比你喜欢他还要喜欢你。各种青春各种洋溢幸福，发生在阳光碎碎的夏天，不曾想过结束。
　　年轻时候，不太容易爱上一个人；爱上之后，不太容易说放手；不得不放手时，又不太容易重新开始。有的人留在原地，有的人走到尽头，有的人念念不忘，有的人从来不曾记起。因太珍惜一些人，而小心翼翼维持一段安全的距离。（姜小璐）

那 一 年

每一次，有她的身影的场合，我都会祈求上天，让她看到我，哪怕是一眼都好，
我祈求我们可以滋生一些情节或者可以出现一株疯长的藤蔓，
让我有机会从心底盛开一朵不凋谢的小花，然后顺着藤蔓传递给她。

嘿，对面的女孩儿，我想我一定是喜欢上了她，由仰慕变成了喜欢，由一见倾心变成了慢慢喜欢。这样的喜欢 像初春的桃花，艳红的花瓣随着暖暖的春风飞舞，轻轻地飞舞，而后静静地躺在带着泥土香气的小草丛里，点缀着初绿的草芽儿，哪怕是一滴大一点的露珠滑落都会激起不羁的波澜。

我在每天醒来的第一个意念里要默念一声她的名字，因为我好像在梦里无数次梦见了她，然后在我一张开眼睑，朝对面的方向望一望，那儿有她留下的身影，有她昨日或者是今日早起的脚步声，兴许还可以找到一个和梦里一般大小的脚印。

　　我无数次生活在我自己虚构的小故事里，设计着我们相遇的场景，或是我们擦肩而过，我触碰到了她温柔的臂膀，闻到了一抹来自她的清香；抑或是我们相视对立，我看到了她美丽的脸庞，一双水灵的眼里可以看到我自己的影子；抑或是我走在她的身后，羡煞她那瀑布一般的黑发，美丽的身段打开了我联想的空间；抑或是她随在我身后，我不敢回头望，不敢直视她打扮适宜的衣裳，我只有心扑通扑通地快速地跳跃着，一低头不觉加快了脚步。

　　每一次，有她的身影的场合，我都会祈求上天，让她看到我，哪怕是一眼都好，我祈求我们可以滋生一些情节或者可以出现一株疯长的藤蔓，让我有机会从心底盛开一朵不凋谢的小花，然后顺着藤蔓传递给她。

　　嘿！我看到了她来过的痕迹，学校的展览墙上张贴了她画的一幅写意画，画里的一笔一彩穿透了我的眼角膜，倒影来到了我记忆的海，平静的海面有她的梳妆的样子。我屏住呼吸，不敢出声，我怕一丁点的涟漪弄丢了海面的倒影。

　　嘿！礼堂的舞台上她在跳舞，柔和的灯光，优美的舞步，缓缓的、悦耳的旋律，我坐在黑暗的一隅，伸出双手，我捧起她刚刚跳过的舞步，微笑着任舞步声娓娓地轻弹着耳廓，深入耳膜。我醉了，不禁酒量的我，醉到在礼堂的舞台之下，好想不再醒来。

　　我无数次虚构的小故事 终于出现了，是我和她相视对立的相遇了，她的眼眸里有我的影子，我的眼眸里有她的影子，我们两个都笑了，我们相视着点头。那是我毕生难忘的瞬间，仿佛整个青春有了存在的意义。

　　那一年，我 19 岁，她 18 岁。（布衣粗食）

你 以 为 你 还 会 遇 到 另 一 个 她

相爱很容易，相守很难。分开很容易，忘记很难。

相爱很容易，相守很难。

分开很容易，忘记很难。

你以为还会遇到另一个她，在你手机没电的时候发疯似的到处问别人到处找你，担心你出事担心你回不了家。

你以为还会遇到另一个她，逛街的时候总会买下好多可爱的情侣的东西，买衣服时不由自主往男装那儿瞟。

你以为还会遇到另一个她，她的喜怒哀乐都是源于你的心情和态度，她在乎你的忧伤你却总是忽略她的眼泪。

你以为还会遇到另一个她，她的每一条状态每一个分享都是希望你能看到，尽管她知道你可能从未留意过在乎过。

你以为还会遇到另一个她，她吵着让你陪她看电视，让你拥抱着她，那是她觉得这是多么幸福的事情。

你以为还会遇到另一个她，任性着要你去给她买棒棒糖，她不爱吃，但你却是第一个给她买棒棒糖的人。

你以为还会遇到另一个她，在你沮丧时给你打打气，笑脸鼓励你给你力量，在她心里你是最棒的。

你以为还会遇到另一个她，她的脾气很坏笑起来却很好看，她为你哭为你笑为你奋不顾身为你遍体鳞伤。

你以为……

但事实却是，在以后的日子，你遇见很多人，有人像她的发，有人像她的眼，却没有一张是她的脸，就好像，你无法复制的光阴，无法复制的青春里，只有她。

那样的笑脸，是她爱着你时到不了的永远。（李雨琴）

趁 我 们 都 年 轻， 趁 我 还 爱 你

和我做一切疯狂大胆不计后果的事情吧，趁我们都年轻，
死去还能活，趁我们都勇敢，趁我还爱你。

　　和我牵手吧，趁我还能平和安静待在你微颤的手心里。和我接吻
吧，趁我还不化妆的脸淡色的嘴唇也很美丽。和我拥抱吧，趁我还迷
恋你没有古龙水味只有肥皂香气的白衬衣。

　　和我喝酒吧，趁我还没有什么酒量，只有一瓶啤酒下肚就开始傻
乐呵，再被你骂骂咧咧背回了家。和我跳舞吧，趁我还不会穿高跟
鞋，索性光着脚把自己放在你的脚上。

　　和我厮守吧，趁我还不知道什么到底是年轮，因为一辈子多么短
暂，好像只够好好爱一个人。和我老去吧，趁我还不恐慌总会到来的
衰老，因为哭过笑过战斗过，那皱纹也一定漂亮无比。和我旅行吧，

趁我们都有健康的身体，脚步一动，就是天涯。和我私奔吧，趁我们都没有太多牵挂，背包一放，就是新家。

　　找到我吧，趁我还没被上帝召唤，也未被魔鬼击溃，不净不垢，无知无畏。

　　陪着我吧，趁我还相信正义善良，也热爱美丽芳香，缄口不言，倔强顽强。

　　欺骗我吧，趁我还有着一双黑白分明的眼睛，它痛恨背叛，却无悔无怨。

　　伤害我吧，趁我还没有一颗伤痕累累的心脏，它惧怕受伤，却毫不设防。

　　趁岁月轻狂，风刚起，花还没败。趁幸福时光，雪下了，一弯月亮。

　　和我做一切疯狂大胆不计后果的事情吧，趁我们都年轻，死去还能活，趁我们都勇敢，趁我还爱你。（佚名）

这 微 笑 ， 是 我 心 底 最 美 的 守 候

时时会想念你，想念那年那月你的微笑。
恍惚间，就让我迷失在你温柔的目光里，任岁月流逝，无力自拔。

无意间再次看到你的足迹，心猛地一震，浑身无法动弹。

你在我心上，温柔而疼痛。不知为何，时时会想念你，想念那年那月你的微笑。恍惚间，就让我迷失在你温柔的目光里，任岁月流逝，无力自拔。

我知道自己一直都是想念你的，我拒绝回忆，拒绝成长，固执地守在原地，渴望在等待中能有一场意外的邂逅眷顾于我。然而，任时光流逝，任岁月蹁跹，却始终是我一人在看四季轮回，看花开花落。

曾想过离开这里，而心里却也有着万千眷恋，这种爱恨交织的感觉让我心力交瘁。却也一次又一次止住前行的脚步，因为我深深地知

道这片土地是离你最近的地方。

　　都说相思不如回头，而我却连回头的勇气都没有，害怕我的唐突打扰了你平静的生活，旧事重提，只会让我更加伤感。不想看到你无奈的表情和沉重的叹息。记得我们最后一次通话时，彼此已有许多拘谨和生疏。这些年月，在我的身边，一直有股深深的落寞如影相随地跟着我，我的心止不住地疼了又疼。

　　我最亲爱的你，若今生与茫茫人海里还有幸与你相遇，我想我会穿越熙熙攘攘的人群，以最美的姿态走到你的面前，给你一个久违的拥抱，我想你的怀抱定和当年一样温暖，那种青春独有的温暖。（涟漪）

说 不 定 这 是 世 上 最 好 的 感 情

也许某天你还会突然想起他，那个曾让你对明天有所期待，
但却完全没有出现在你的明天里的人。
你想起十七岁的那份感情，突然笑出声来，
那个时候的自己多傻呀却又傻得很值得。

很久以前一个朋友对我说他最大的梦想不过是被自己暗恋的人暗
恋着，时至今日我跟那个朋友早就断了联系，却暗自诧异着我居然把
这么一句话记得那么清楚，也不知道他最大的梦想实现了没有。生活
永远不会像电影，它充满着遗憾和不确定，我们有着电影里男女主角
的影子，却不一定会有他们那样的结局。

突然想知道十七岁的你在干吗？因为朋友对我说那句话的时候，
我们还都是十七岁。那个时候的你是情窦初开吗？是为了那个女生辗
转反侧难以入睡吗？是吻过她的脸以为和她能永远吗？转眼这么多年
过去，经历了大学，毕业之后的我们，看过那么多背叛、分离的故事

之后的我们，还能对别人说出一句"我爱你"吗？是当时懵懵懂懂却最认真地说出的誓言珍贵，还是数年之后你漂泊打拼成熟之后对好不容易找到的人说出的"我爱你"更珍贵？这个问题，我始终没有得到答案。

那一年的你总抱怨着食堂的伙食太差，作业总是做不完，体育课总是被班主任霸占。那一年的你喜欢上了某个人，也许她不好看，成绩也不像沈佳仪那么出众，也许你喜欢她只是因为那天她在校门口笑着跟你说了句话，你就是这么喜欢上了。

那一年的你为了她的生日四处奔波却悄悄不让她知道；那一年的你跟她煲电话粥聊天聊到天亮其实你早就困到眼睛都睁不开了；那一年的你送她回家她对你说我们会是一辈子的好朋友对不对，生生把你的表白给憋了回去。

你总在学校里刻意制造各种"偶遇"，想让她觉得你们是注定的缘分；你们总是隔着半个班级传字条讲属于你们的悄悄话；你听到班级里传起了有关你们的绯闻，你假装很生气却暗自开心你们的名字能被联系在一起。

可是那然后呢？

也许你们开始了这段感情，也许你们没有，也许她身边出现了另一个他，又或者是，你们把互相喜欢耗在青春里，却没有在一起。那个时候总想着毕业了就能在一起了，可是真的毕业的时候，却怎么也找不到在一起的理由了。

再后来某一次的同学聚会上，你终于还是对她说"其实那个时候我很喜欢你"，她盯着你眼睛用力地点点头说"我也是"，得到答案的你却也只是笑笑，说不出自己心里是遗憾还是难过。岁月是神偷，很抱歉你们谁也回不去了。你想她一定听懂了你点的《时光机》，你想她一定听到了你心里对她说的"谢谢你，再见"。

《那些年》被搬上荧幕之后，朋友还跟我聊起来，说，当时在课上偷偷看的书，现在居然都已经拍成电影了。那个时候我却始终没能明白沈佳仪的那句话："人生本来就有很多事是徒劳无功的，但是我们还是依然要经历。"

转眼已经四年过去了，一年又一年时间飞逝远比想象得快。毕业后回母校，以前的教室仍然在上着课，我最头疼的物理；操场上篮球场上挤满了人；走廊里男女生在偷偷讲着悄悄话；食堂，会议室，红色的教学楼，一切如常。我才突然明白，原来青春的另一名字叫徒劳。

它一直没有变，它只是我们路过的一站，我们经过了就没了，可后面还会有人陆续经过这一站。可我们经过了就没办法回去了，只能远远地看着，暗自怀念。

这样的一种徒劳无功，一如我当时那么喜欢她，一如她为了等我在寒风里站了很久，一如最后我们还是分开。那一年我们终于一起去看了一场五月天，那一年你最难过的时候我没能陪在你身边，那一年你说我们都不小了，不能再任性了。那一天我又一个人去看演唱会；那一天陈信宏又唱起了那首《温柔》；那一天凌晨你打电话给我，我听到你那里在放《突然好想你》，我们却谁也没说话。

那天朋友跟我站在操场感叹着旧时光，却看见更年轻的"我们"在拼命挥霍。青春的另一个徒劳之处在于，不管你怎么过，用心地过珍惜地过，疯狂地过勇敢地过，等到之后回头看，总会觉得当初做得不够好。

爱情会再来，可是主角多半不是你青春里爱过的那个。旧朋友离开了会有新的朋友填补进来，但青春的回忆只有曾经的同学和老友才能共同回忆。最遗憾的是，青春不会再回来，最好的日子过去了就是过去了。

可我依然会为了那些有关旧时光的电影甘之若饴地埋单，因为青春不过是是淋了一场雨，感冒了，却还想回头再淋一遍。即便我们知道太多事情是徒劳无功，即便我们知道有一天我们会变成不动声色的大人，即便我们知道总有一天我和她的结局不过是分开，也许更坏，会变成陌生人，可是我们依旧会去做，我们依旧会开始那段感情。

　　说到底你只是愿意去赌，为了那个人，你愿赌服输。在青春里能遇到那个你愿意为她赌，她愿意在你最懵懂最青涩的时候陪伴你的人，你是有多么幸运能够遇到那个人哪，那为什么还要因为害怕失去而去放弃拥有的权利呢？

　　这个世界上，没有一份感情不是千疮百孔的，区别仅仅在于你如何看待它。

　　有些人注定只会放在你的心底，而消失在你的生活里。你从心底知道自己是爱他的，尽管已经记不起他的样子。因为这爱如此深重，以至于你一度以为自己会忘不掉。直到有一天你发现，那些堆积在心里的思念，竟然不知不觉变得无影无踪。至少她曾经让我觉得，遇见她，是一件值得被祝福的事。

　　那么，下一个四年，你又会在哪里？

　　青春在我还在考虑什么是青春的时候已经悄悄溜走了，突然觉得那个所谓的十七岁，那个纠结不安的十七岁，那个寂寞热血的十七岁，居然那么像是一个幻觉。也许某天你还会突然想起他，那个曾让你对明天有所期待，但却完全没有出现在你的明天里的人。你想起十七岁的那份感情，突然笑出声来，那个时候的自己多傻呀却又傻得很值得。

错过了那个人，也许这辈子也就这样了。潮起潮落之后，难过伤心之后，有些歌却留了下来，连同自己所谓的梦想，陪着我度过了每一次的清晨和每一次的黄昏。失去了缘分的人，即使在同一个城市里也不太容易碰到。回忆越来越美，旧时光却把你困在里面出不来。是啊，过去多么美，活着多么狼狈。可是就在你沉浸于回忆中的时候，你错过了一个又一个人。到底是要错过多少人，才能遇到真正对的那个人。

也许终有一天我们会发现，我们那么怀念的，不过是当初的自己。那么，又有多少人以朋友的名义守护一个人呢，在彼此最美好的时光里？

那一年，一场名为青春的潮水淹没了我们。退潮时，浑身湿透的我坐在沙滩上，看着最喜爱的女孩子用力挥舞双手，幸福地踏向人生另一端。下一次浪来，会带走女孩留在沙滩上的美好足迹，但我还在。刻在我心中的女孩模样，也会还在。

　　说不定这世界上最好的感情，就是你喜欢她，她喜欢你，你们却没有在一起。（卢思浩）

初 恋 情 怀

那时的我们青涩，但是投入，对于初恋，我们总是万分珍惜，
也许过了很多年之后，还会时不时想起初恋的那个人和那些事……

　　人世间，有一种爱，洁白如雪，不容亵渎，有一种情，朦胧而羞
涩，神秘而激动，只有一次，仅此一回，那就是初恋。

　　每个人都只有一次初恋，或甜蜜或心酸，不管怎样，初恋总是心
中那片最柔软、最不可遗忘的地方。那时的我们青涩，但是投入，对
于初恋，我们总是万分珍惜，也许过了很多年之后，还会时不时想起
初恋的那个人和那些事……

　　初恋，一个多么温馨甜美而又略带伤感的字眼。它承载着我们所
有青春的梦想，所有年少的痴狂，所有情爱的萌动，全都浓缩在里

面，欲言又止，欲说还休。

初恋，是一所住过的老房子，是一张泛黄的老照片，是一首熟悉的老情歌，是一部难忘的老电影，虽然年代有些久远，却历久弥新，永世不忘。

初恋，像一首朦胧的诗，抒发着少男少女那纯纯的爱，浓浓的情，虽然大多数人未终成眷属。但却因它情如白雪，从未染尘，反倒成了很多有情人心中永不消逝的一道美丽的彩虹。

初恋，第一次牵起你的双手，轻轻放下，却不知该往哪儿走。第一次吻你的时候，呼吸急促，心在不停地颤抖。第一次你躺在我的胸口上，二十四小时没有分开过的缠绵，终于让我感受到什么才是海枯石烂！天长地久！那一刻的柔情厮守，我们终于有了一个相爱的理由。

初恋，让我们第一次心动、第一次爱恋、第一次告白、第一次亲吻，如晨曦带露的玫瑰、夜晚滑过的流星，既是那么的甜蜜浪漫，又是那么的激动莫名。

初恋，有时我们常常束手无策，它有时候像一片云，来无踪去无影，有时候像一阵雨，来得快去得也快，有时候还像一个淘气的孩子，让你欢喜让你忧。

初恋，我们不懂爱情，正因为不懂，才像手中的沙，握不住，易流失。正因为易流失，我们才觉得它非常珍贵，也特别难忘，就像我们胸口上那心心相印永不褪色的印记。

初恋，就像一个忧伤或惆怅或浪漫温馨的爱情故事，如夜空中桨然绽放的绚烂烟花。每一朵，都诉说着我们似曾相识的悠然过往，每一瓣，都在追忆我们共同有过的似水年华。

初恋，就像挂在枝头的青苹果，在阳光下泛着幽幽青色的光，看着就已经流了口水，诱人心弦，咬上一口，涩涩的，有点酸甜，不过这种感觉会让你终生难忘。

这一生，你我恋爱或许不止一次，但初恋就是那么的神奇。让你匪夷所思，整天做着前后矛盾的事情，说着前后矛盾的话语。（佚名）

转 身 ， 亦 是 再 见

你爱过我吗，在你我正值青春时。

　　有些人需要一辈子去忘记，有些事需要一辈子去怀念，有一种记忆确是一个转身就会忘记，再见，亦会再见。

　　敲打着键盘，是想为你留下与你相关的文字，两相忘，泪断肠，淡了伊人妆，红颜，为谁憔悴，为谁瘦。

　　风里已经有细碎的声音在诉说别离的痛，轻轻的，不曾忘，倔强地对你说，你是什么，你只是我生命里的过客，轻轻来过，又轻轻地走了，不带走什么，突发奇想地问你，你爱过我吗，在你我正值青春时。

　　转身的温柔弥漫在了散落的记忆里，拾起一片，却想不起那是谁的谁，记不起是谁说过，遇见了你，我不后悔。

让你知道我曾经来过，在你年轻的生命里曾留下我的印记。

你就像是我手里的一把沙，想要握你很紧，却不想还是会从我的指缝里滑下，滑落的瞬间，静得让我感觉不到，却在指缝里留下摩擦的伤痕，很淡。

你是我生命里的一根刺，在无意间扎进去的时候，并没感觉到它的存在，时间长了，它就像是我身体里的某样东西，拔出来的时候，很疼，那种疼，疼在了心里，却忘不了那种疼。

初相识，我正值爱做梦的年龄，梦里，你无尽的宠爱集我一身，我撒娇了，我知道定是你来哄，我不高兴了，我知道定是你来陪，可是，当我转身的时候，你却离我那么远，远得让我可望而不可即。

桃花树下桃花落，每一朵桃花都与你有关，桃花树下桃花劫，桃花梦里都有你，注定，你和我，是一场桃花劫，于是，每一份相思，每一份牵挂，就那样多了一些说不清的暧昧，把你藏在我心里无人能及的地方，深深地嵌进我的心底，若有天，我不会再出现，不会再给你我的任何消息，你会难过吗？隐隐的伤痛里，你能感觉到吗？

　　请原谅我用别人的语言来拼凑出对你的眷恋，我怕我，会无法面对转身的离愁，请打开你的心扉，让我走出来，亦不需要你的怜悯和怜爱，只是，你还是你，我还是我，永远在两个轨迹上的人。

　　相遇了，好似我们一起走过了一道青春的弯路，百转千回，蓦然回首，路上尽苍凉。

　　再见，转身，转身，再见。（佚名）

有 一 天 ， 我 们 可 不 可 以 如 此 幸 福

若是有一天，我们可以如此幸福，我愿意在日历上记下每一个值得纪念的日子，
我们一起追忆那些青春往事，将甜蜜和美好永远记在心里。

　　有一天，我们可不可以如此幸福，趁着年轻，一起去想去的地方
看美丽风景，一起吃想吃的小吃再细细回味，在每一处留下我们的足
迹与回忆。

　　有一天，我们可不可以如此幸福，去爬从前说过要一起去的山，
彼此依偎看天际明亮的星，对着流星许下相依相守的诺言。

　　有一天，我们可不可以如此幸福，买一所不大不小的房子，一起
设计一起装饰，一起置办家里所有的东西，把温馨渗透在点点滴
滴中。

　　有一天，我们可不可以如此幸福，晚上有你温暖的怀抱，偶尔像

小孩子一样吵着要你唱歌，然后你无奈却宠溺地摸摸我的头，让我听着你的声音入眠。

有一天，我们可不可以如此幸福，每天都能吃到你做的可口饭菜，不顾形象地大口大口吃掉，看你微笑着帮我擦掉嘴角的残渣。

有一天，我们可不可以如此幸福，我偶尔无理取闹，你总是宽容体谅，有时候拌嘴冷战，最后再一起妥协。

有一天，我们可不可以如此幸福，在对方忙碌的时候，适时地退到一旁，不去打扰默默想念，必要时端一杯热茶，安静地等待对方忙完。

有一天，我们可不可以如此幸福，在我晚归的时候，昏黄的灯光下总有你的身影，默默地走过去轻轻地抱住你，然后一起回属于我们的家。

有一天，我们可不可以如此幸福，一起去逛街买衣服，有你为我搭配，有我为你挑选，再冷的冬天也有彼此的心相互温暖。

有一天，我们可不可以如此幸福，彼此明白对方不是最好的，知道对方的种种缺点，却依然执着地爱着，依然愿意为了对方踏入"围城"。

有一天，我们可不可以如此幸福，不计较对方的付出与自己的所得，只在乎对方是否幸福是否快乐，当相爱慢慢变成一种习惯，平平淡淡也一样刻骨铭心。

　　若是有一天，我们可以如此幸福，我愿意把你的幸福当作我的幸福，我愿意在你难过流泪时，将你轻轻抱在怀里，告诉你无论如何，我会一直陪在你身边。

　　若是有一天，我们可以如此幸福，我愿意在日历上记下每一个值得纪念的日子，我们一起追忆那些青春往事，将甜蜜和美好永远记在心里。

　　若是有一天，我们可以如此幸福，我愿意守候你一生一世，执子之手，与子偕老，永远不离不弃。我的爱不奢华，但真实，必要时我愿意为你赴汤蹈火，从青葱到古稀，也在所不惜。（佚名）

卷 五

我 爱 你，
即 使 没 有 结 局

　　一生至少该有一次，为了某个人而忘了自己。不求有结果，不求同行，不求曾经拥有，甚至不求你爱我。只求在我最美的年华里，遇到你。

你 是 一 只 蜻 蜓 ， 点 过 我 的 湖 心

我错把结局当作了开始，我始终无法相信，
与你的缘分就这样随荡开的波纹渐次散尽。

你是一只蜻蜓，点过我的湖心！

然后我的记忆便以涟漪做裙，连寂寞都细绣缀锦，至此，我青春
绮丽。

秋风将冷寂大把大把地洒向大地，艳阳下便有了声声低吟。我侧
耳倾听，可是风声里所有关于你的消息都叫静谧，每一次的错过都叫
忘记。

我不该怪你，没有把深情的诗读给我听，因为那时的我们还没有
正面的相遇，只是你太累时恰巧经过我的湖心；我不该怪你，以一枚
梧桐树叶止住我的呼吸，因为你内心的锚过于沉重，你不期待再一次

冒险的航行；我不该怪你，用一瞬间的相思换取我永世的铭记，因为你拥有一双飞翔的翅膀，注定要离我远行。

你是一只蜻蜓，点过我的湖心！

然后，羽翼颤动的声响，渐渐远离我惶恐不安的心情。可是你的离去却没有让我恢复平静，我因此陷入忧伤的旋涡。那波纹优美的线条汇成阻力，围困了我的心。

你把我从梦境深处唤醒，却只为告诉我，你要借着风筝远离六月的雨，而我却只能留在原地。我把我们的秘密全部尘封于树林寄给秋季。我躲在秋的衣襟里回想当时的心情——那是一个永远的蜻蜓梦，似乎还没有开始就已经清醒。

你是一只蜻蜓，点过我的湖心！

我错把结局当作了开始，我始终无法相信，与你的缘分就这样随荡开的波纹渐次散尽。你冲破我的视线，消失在天边蔚蓝的颜色里。

于是我知道，你不再是蜻蜓，而我不再有湖心。　（马蝉）

我 爱 你 ， 即 使 没 有 结 局

青春的光景总是那样的奇妙，每一天都有相逢，每一天也都有离别，
一个不经意的邂逅，就让别人成了我们生命中的风景。

　　青春的年华里，每个人都拥有两支笔，一支叫作记忆，在青春那
卷泛黄的日记本上记录时光留下的残骸。一支叫作爱情，这支笔的本
意是想在青春的书页上留下一笔墨绿，可是却被清风吹翻了页码，写
下一段无言的结局。

　　爱情，说到底是一件十分让人心疼的事情。
　　痛了，哭了，伤心了，说明你是真的爱过了，可是真的爱过又怎
么样，生活中的每一个选择最终都抵不过现实的苍白，无奈的背后是
不忍与伤心彻底的决裂，于是我们开始懂得：再动情的戏份也有落幕
的那一天，每一段故事的结尾都只能是带着那份无悔的执着，在爱情

的云烟中无声地飘过。

青春的光景总是那样的奇妙，每一天都有相逢，每一天也都有离别，一个不经意的邂逅，就让别人成了我们生命中的风景。

时间，一个无涯的荒野，谁也不知道哪条道路是希望，哪个角落有春天。没有任何理由，就在那一刻，那个角落我彻底爱上了你，我的天空也因此变得那样美丽，卑微的诺言散落了一地，我多想把我的世界就这样给你，在你头顶浇灌出一片灿烂的花季。

时光如白驹过隙，习惯了你仰面朝天时的素颜，习惯了你嬉笑怒骂时的疯癫，习惯了你谈天说地时的笑脸，可是却没有习惯没有你的日子。或许真正的爱情只是一种习惯，让彼此的不满与不甘归于平淡的流年。

张爱玲说：爱一个人，可以低到尘埃里，从尘埃里开出花来。于是，爱情的世界我变成了一个十足的傻瓜，可我却心甘情愿地当这样的一个傻瓜，如果你问我为什么，我只能回答：我爱你！我爱你，尽管我知道你的心中根本就没有我的位置，但是我却还是心甘情愿地爱护着你，守护着你。

我爱你，即使我知道我对你的恩惠在你看来不过是卑微地讨好，但是只要你的一句话，我就可以为你赴汤蹈火，上天入地。

我爱你，即使我知道我对你的关心可能超出你的承受能力，你甚至会对我反感，对我发脾气，但是我却依然会毫无保留地关心你，爱护你，注视你！我爱你，即使我知道我们根本就没结局。

尽管我们没有在一起，但是我还是依然感谢你，是你让我懂得了什么才是真正的爱情，什么才是真正的爱一个人。爱一个人，会特别在意你在她心里的位置，她的一个笑容可以让你的心灵拥有不朽的春天，甚至她的一个皱眉也可以让你难过好几年。你是多么欣喜于和她在一起的时光，甚至来不及去想和她有什么结果，因为已经把你的整个心交给了她，你已经被她征服了。曾经的我不知道什么是爱！或许这就是爱吧！

爱情终究还是一件可以让人发疯的事情，是你的，命中注定。不是你的，千金难求。我们那么发疯地去爱一个人，现在却又要发了疯一般地去忘记一个人！可是当眼前熟悉的人成为回忆的光年，我们的记忆中还剩下什么。

多年以后，我们沿着曾经的脚印，找寻那些丢弃在回忆里的温馨，突然发现，坚强的自己竟然无法负荷一滴眼泪的重量，人生总有太多无奈的风景，每一个故事的背后都酝酿着诸多的懂得，每一滴眼泪的背后都隐藏着一段无法忘怀的曾经。

　　流年清浅，岁月讽刺了曾经的执着，时光苍白了无悔的等待，一切的一切都归于平淡，我们正一步步地走向物是人非的荒原，时光的步伐掠过了青春的云海，曾经的笑颜也已在寒风中消残，我们微笑着将记忆的琴弦拨回时间的起点，泪水充盈着眼眶，无力的双手托起青春的容颜，重新审视附着在爱情上，那个遗憾的斑点。

　　放弃是一种美丽，却是一句童话里的戏言，多少人将这句话说了一遍又一遍，可是却走不出故事的终点，任思念成殇，寂寞凭栏，独自一人缠绵在忧伤的世界里，寒了又暖，暖了又寒。

　　每一次忧伤旋律的响起，都会勾起我心头上那朵静谧的睡莲。那段一碰即碎的记忆终于在黎明敲响的那一刻重现，恍惚如夜空光芒乍现的那一幕幕绝美的烟花，刹那间的璀璨带走了绵延的情感，也带走了迷蒙的痴恋，我终于如梦初醒：爱情，就像是一辆公交车，虽然我们彼此都等候在同一个站点，可是却没有相同的方向，你的世界里我只是一名纯粹的过客，你可能不会记得我，但是我不会后悔，因为你的青春，我曾来过，爱情的花，谢了从前，我的记忆，你的素颜。

多情的光线，安静的时间，你离去的背影刺激了我的泪腺，既然转身就注定了永不相见，我努力克制自己不去苛求那个一无所有的明天，可是当往事开始沉淀，我却还是无法放下对你的惦念。阔别已久的今宵，燃不尽昨日的缠绵，梦回几度，满天繁星尽是你迷人的眼，痛苦也好，伤心也罢，我只想祝福你幸福美满的明天。

对不起，我爱你，即使我们没结局！（如梦如殇）

时 光 流 转，
我 们 的 爱 遗 失 在 流 年 里

所有的不能言说的爱，就葬在毕业时带不走的年岁里。

记忆的临界，筑有幸福的国度。依旧温暖的阳光，却清冷如夜里的月光。幻想里手牵手的幸福，终于被现实打败，破败地丢在曾经，再也找不回来。

游走在找寻的旅途里，来来去去，寻寻觅觅，然后，我遇见了你。你像一阵风，吹过了就消失了，我只是深深地吸一口气，感受你的气息。

并不算大的校园，每天都可以看到你的身影，在我的视线里消失，出现、再消失，如此循环。你不知道你的身影牵扯了多少青春的思念。

我静伫在看得到你的远方，沉默得像一株树。校园外的田野里，有一处空地，长满了雏菊，花开的季节，我就跑去看那些小小的花。浅浅的黄，淡淡的白，不惹眼，不张扬，却让我驻足，舍不得离开。

校门口那片空地，有一株向日葵，小小的一株。小小的花盘执着地追随着太阳。每天，你都会从它身旁来回经过三遍，你听得到它的问候吗？它是我的使者，我要它代替我守候你。

明明很近的距离，每天都会相遇，然后是陌路地擦肩而过。年轻的校园里，圈住了那么多的思念，却圈不住年轻的时间。

所有的不能言说的爱，就葬在毕业时带不走的年岁里。

那些思念，那些眷恋，那些未向人言说的小心思，就遗失在了那个回不去的少年时光，成了秘密，却可以永葆青春。（沉寂）

春 天 的 百 合

直到夕阳映红了百花、映红了江水，我才从美妙中醒来，
看见你在那里对我笑，那个笑容，温暖了我整个青春。

那是一年春天，也是一年往事。那一年的春天我踏上了去往南方
的列车，而你就在路的那头。

不是巧合，我却和你在茫茫人海中相遇。不是悲伤，我却和你在
百合开放时离别。

也许是缘，让我在青春灿烂时遇见了你。还记得那一次，在校园
竹林小路中，我完全被你的琴声所吸引，感觉自己就像蝴蝶一样起舞
在百花丛中，像鱼儿一样遨游于大海之中。我不知飞了多久，也不知
游了多远，直到夕阳映红了百花、映红了江水，我才从美妙中醒来，
看见你在那里对我笑，那个笑容，温暖了我整个青春。

　　于是我们一起在落日的余晖中，踏着乡间小路的青石板向竹林外走去。那日，我问起你叫什么，你说你是一枝开放在春天里的小"百合"，我笑了，你也笑了。

　　后来每周我都会到林中听你弹琴。悲伤处，我们一起流泪，愉悦时，你便在周围的石头上写下你的心情，虽然经常是几天后便不见了字迹。还记得那一次，当弹到梁山伯和祝英台化蝶双飞时，我们一起在石桌上刻了一个心。

　　也许缘尽，当你哭着告诉我全家将要移居美国时，我呆若木鸡。只期盼这只是一个玩笑。

　　也许本不该，我们本就不该相遇，可命运偏偏却又让我们相遇。也许本不该，我们本就不该相爱，可命运偏偏却又让我们相爱。我紧紧抓住你的手，想留住你的心，可又能如何，我们终于离别，在那一年春天你我相遇并刻下爱的誓言的地方离别。

　　你走了，我没去送你，但你的走，是我青春里最盛大的离别。
　　后来我也离开了这里，多少年早已成为往事，不知道当初石桌上的那个心是否还在，但愿远离家乡的那枝百合开得依旧幸福。　（佚名）

星 空 不 浪 漫

我常常觉得庆幸，
庆幸曾经他常常在我的梦中出现，庆幸因为没有表白而不至于被拒绝，
庆幸他给的那些让我每天充满期待的心情，庆幸他给的那段无害而美好的青春爱情。

很久了，未曾触动过，那封存已久的感觉。

那个怪圈，其实就是我对爱情的幻想，对那个真实存在的男孩的侥幸期待。而年轻的爱情，却总是因幻想而美好。

我常常觉得庆幸，庆幸曾经他常常在我的梦中出现，庆幸因为没有表白而不至于被拒绝，庆幸他给的那些让我每天充满期待的心情，庆幸他给的那段无害而美好的青春爱情。

那段爱情就像看着蓝天的月亮，当你没有投入任何想象的情感时，它也只不过是天边一抹寻常的风景。但是因为心境不同，对我而言却是充满了浪漫的色彩。所以我很感激，感激他的出现，尽管在这

场爱情的烟火里，他什么都不知情。因为我的怯弱，我时常暗自忧思，终究是一个人的电影，迟早会有谢幕的一天。

也许电影谢幕了，开始新的生活，就会渐渐淡忘了曾经的感觉。那么，一切只会成为我年少时期美丽的回忆，尽管酸涩，却是那么令人回味。

但是，但是上天总是爱开玩笑的，如今的他又出现在了我可以触及的生活中，让我原本波澜不惊的心变得跌宕，曾经的感觉一度袭来，非得折磨我到体无完肤方可罢休吗？

我以为随着年岁见长，时光会把过去的懵懂雕刻成幼稚的萌芽，毕竟我们的心思，也有了成熟的变化，何况这些年各自的种种经历，都划开了一道长长的鸿沟在你我面前。你可能已经不是那个你，我也不是我了。是不是早就放下了，我以为是，可现实却不然。

记得那天午后，倚在你温暖的肩膀浅浅地睡去，那是我曾经最最期待的美好，那只有在梦中出现过的画面，却真实地发生了。所以，我觉得上天总是在开玩笑，因为我到现在依然怯弱，依然不敢勇敢面对。

你就是蓝天里的月亮，明亮而美好，却又那么遥不可及。也许我的爱情就是这样，充满着未知和无奈，那样的无可奈何……（佚名）

曾 经 是 否 这 样 深 情 爱 着 某 人

感谢这段距离，让彼此之间没有甜腻的巧克力，
没有艳丽的血红玫瑰，没有尘世间的种种羁绊。
从此快乐的生活，微笑，冒险，回忆……

有人说这是暗恋，没有浓烈奔放，不是生离死别，却甜蜜不失温柔，浅淡不乏炽热。虽然少了海枯石烂，少了山盟海誓，却多了一份淡淡的单纯的眷恋。

曾经或许这样爱过：在每一个路口的转角期待与某人的不期而遇，于是无数次用自己蠢笨的头脑计算某人放学或者是下班的时间；会在每个短暂的课间都冲向厕所，只为了路过某人窗户边时的匆匆一瞥；或许会在和某人的某次眼神接触后，兴奋得整夜难以入睡。

曾经或许这样爱过：你默默注视，两串遗失在路灯下的脚印，然后默默流泪，送别远去的背影。就这样心里湿湿的，闷闷的，像一堆

刚燃起的火堆被突来的暴雨淋了个湿透，然后发誓要远离某人，要忘记某人，要痛恨某人。

　　曾经或许还这样爱过：你们依旧同出同入，依旧形影不离，还依旧互称朋友，可是所谓的朋友间，其实连着一条叫作暗恋的纽带。只是一方明白，一方糊涂。可以整天看到某人，时刻能够与某人说话，却不能像恋人般相拥，不能像纯情般牵手。当爱情被友情的锋芒掩盖，那种滋味应该是酥麻的吧，就像成群的蚂蚁路过心里最柔弱的地方，然后在沉沉的黑夜静静地幻想，甚至祈求彼此是个对方的陌生人。

　　暗恋从来就是痛苦的，因为某人不知道那份只有自己才能感知的眷恋。总是想办法隐藏露出的真实，想办法违心地表演对某人的不在意，可是退潮的时候发现自己的心意会一片一片露出来。

　　当时间流逝的过程中，那份曾经的淡淡之情也消融在了流年的下一个转角，哭不出来的生疼。当少男少女用尽青春的颜色，勾勒一个逐渐在梦中消失的背影时，你们可以骄傲地告诉自己：我曾经这样深情地爱着某人，虽然某人或许至今还不知道。

　　时光会匆匆在你眼角掠过，再想起时，心中已经会坦然许多。也仍然会想起一个个故事：打听关于某人的一切；重复回忆某人说过的每一句话；或许还包括某人每一个绝情的转身。多少个这样的瞬间，或许就跟梦中的淡影一样在记忆的深处挥之不去，永远地刻画在了心里。

曾经拜读美文时看到这么一句话：最酸最痛的不是吃醋，而是在爱情的世界里你根本就没有吃醋的权利。很现实的一句话，但是我觉得较之痛苦，我们更应该感谢，因为正是这段心与心的距离才让更多人明白了什么叫珍惜！这段距离甚至没有负罪感，它是如此的纯洁和简明，就像春天的柳枝上那抹纯净的微绿。

感谢这段距离，让彼此之间没有甜腻的巧克力，没有艳丽的血红玫瑰，没有尘世间的种种羁绊。从此快乐的生活，微笑，冒险，回忆……

我们足够拈花微笑，感谢生命里自己曾经这样深情地爱着某人。
（佚名）

愿 你 永 远 年 轻 ， 让 我 热 泪 盈 眶

那些岁月无关风月，可能你永远不会知道有一个人曾用心喜欢过你，
但若时光不会苍老，愿你永远年轻，让我热泪盈眶。

　　还记得年少时做过的梦，好像忽然之间掉入粉嫩的世界里，到处
充满着小女生可爱的单纯的气息，纯白色的少年，带着干净清爽的薄
荷味道，曾经一闪而过，在某个梦境里出现。

　　那个时候的自己曾经幻想过许多美丽的画面，在淡蓝的天空下会
有某个从漫画中走出来的王子拉着我的手，过王子和公主般美丽的童
话生活。小时候梦想总是那么遥远又充满了纯真，不会顾及太多，
只是单纯的喜欢而已。

　　因为一首歌，你迷恋上一个声音，因为一段舞蹈，你迷恋上一个
身姿，因为一张照片，你迷恋上一个容颜。曾经的自己多么肤浅，仅

凭这些便去喜欢一个偶像，没有疯狂的迷恋，随着四季更替，偶像也开始换了一个又一个。

　　时光不及你的眉眼，我愿意描摹每一个你，你微皱的眉头，嘟起的嘴巴，感动的泪水，因为是你，因为你有令我想去守候的力量。

　　人的一生很短暂，所以趁着年轻我想要用力去爱，如果爱，就要去深爱，无关风月，却用力爱着。

　　　　　•

　　有一种坚持，无关结果，只是想要深信这世间会有更多的爱。

　　有一种喜欢，无关爱情，只是想要体会这世间会有更多的暖。

　　如果思念能划破长空，在漆黑的夜里，你是否看见我在用力地爱着一个人，即使无法触及，只能远远地在屏幕前遥望。

　　当你有一天老了，我也老了，那么不会遗憾，至少在彼时有限的时光里我曾用心地爱过一个人，迷恋又深爱着。

　　当有一天我再也无法在屏幕前触及你的脸，那么不会失望，毕竟我曾经拥有过那段疯狂的岁月，无关风月，却刻骨铭心。

　　我的抽屉里还保留着那些与你有关的东西，穿越四季，不经意翻起，却总能带给我温暖，我知道，我会珍藏这些回忆直到我老去，等到岁月泛黄，等你不再出现在我眼前。

安东尼说：我喜欢的人不再年轻了，我也是。但不管他干什么我都支持他，他出唱片我买来听，他拍电影我跑去看，他有一天不想在大众面前了去过自己的生活了我就祝福他，原本他不是属于我这个世界的人，但他给了我这么多，可能他永远不记得我，但是那又怎样呢，我记得就好。

那些岁月无关风月，可能你永远不会知道有一个人曾用心喜欢过你，但若时光不会苍老，愿你永远年轻，让我热泪盈眶。（佚名）

你 走 以 后 ， 一 个 夏 熬 成 一 个 秋

我们在今生相遇，偌大的世界上能和你相遇，真的不容易，
感谢上天给了我们这次相识相知的缘分。别忘了，你的青春我曾经来过。

时间的沙漏沉淀着无法逃离的过往，记忆的双手总是拾起那些明媚的忧伤。

不知什么时候，雨水把眼泪悄悄覆盖，回忆在心里开始残落。思绪凌乱地结成一张网，越网越紧，直达心脏，一阵隐隐作痛之后，方才罢休。

昔日所走过的斑斓的小道，却因为流光的摧残而变得模糊不清，相拥的瞬间，也只是在彼此凝视之后便淡然地忘记。而经历过的记忆却因为那一幕幕貌似的不经心，而逐渐变得冰冷，变得如死灰一样孤寂，漂流在狭窄岁月流河的我，便总是懂得借以沉默与悲伤来抗拒那

不可一世的深。

　　曾经试着，用微笑细数你给的伤，无奈最后，泪却随微笑流出眼眶。

　　如果有如果，时间是否会为我们停留？停在我们最美好的青春时光，曾经看过的夕阳，听过的潮落，都可以停留。

　　悲伤的秋千总有微风陪伴，孤寂的夜，总有繁星点点，蓦然回首，而你却不在我身边。

　　落花有意，流水无情。日历随着时间流逝，却怎么也翻不过心痛的那一页；我放下个性，放下固执，都只是因为放不下你；闭上双眼，最挂念的是你；张开眼睛，最想看到的是你。

　　我不求你深深记我一辈子，只求别忘记你的世界我来过。我们在今生相遇，偌大的世界上能和你相遇，真的不容易，感谢上天给了我们这次相识相知的缘分。别忘了，你的青春我曾经来过。

　　你走之后，忧伤一直伴随我，虽然我什么也不说，每天都假装开心快乐，可心里的寂寞从未离开过，对你的思念也从未停止过。

　　你走之后，我一直听那首老歌，它轻轻地向你诉说，告诉你每天想你很难过，虽然说不清楚到底为什么，只感觉疲惫的心无处停泊，深藏内心的寂寞无人读透。

　　你走之后，回忆是疯狂的野兽。它无情地撕咬，心里的痛，让我一时无法承受。

　　你走之后，一个夏季熬成一个秋，那最深的一抹心痛，总是在残秋寂雨中。

　　从此我的世界不再有你。（嘉桦）

我 爱 你 ， 仅 此 而 已

一生至少该有一次，为了某个人而忘了自己。
不求有结果，不求同行，不求曾经拥有，甚至不求你爱我。
只求在我最美的年华里，遇到你。

一辈子，就做一次自己。

这一次，我想给你全世界。这一次，遍体鳞伤也没关系。这一次，用尽所有的勇敢。这一次，可以什么都不在乎。

但只是这一次就够了。因为生命再也承受不起这么重的爱情。愿意为你丢弃自尊，放下矜持，不管值不值，不管爱得多卑微。

在心里装下一个你，只要呼唤你的名字，就不再感到害怕。只要呼唤你的名字，就会觉得自己变得勇敢，变得坚强。我可以不顾一切地一直一直对你好因为我只想忠于我自己的感情。

在挤公车的时候想起你，买糕点的时候想起你，唱情歌的时候想起你，一个人的时候想起你。为你不停不停流下感动或悲伤的眼泪。

　　我想要我们什么都在一起做，即使我们什么都没在一起做过。想要和你一起环游世界，去普罗旺斯看薰衣草，去夏威夷晒太阳，去美国百老汇看歌舞剧……想把全世界都给你。

　　你划定的楚河汉界，我不敢轻易犯规，爱你爱到妥协。你前进，看着你背影，就足够世界无条件地放晴。静者恒静，就让我的心安静地守着你。我愿给你幸福不灭的定理。不会再对你说我爱你。我知道，没人可以比我更爱你。我知道你难过的时候，我比你更难过一百倍。好想让你知道你身后一直都有一个我不离不弃。一直都在你身后等待，我的笑送给你，希望你快乐，你的难过都给我。

　　关于你的一切我都好好收藏着，等你有一天能感觉到我。就算我在你世界渺小得像一粒尘埃，我也会给你我所有的光和热。我鼓起勇气呐喊，你要听得见。我不许你再孤单，要你拥抱我给的温暖。

　　你有没有听见？深深的话我要浅浅地说，你见，或者不见我，我就在那里，不悲不喜。你念，或者不念我，情就在那里，不来不去。你爱，或者不爱我，爱就在那里，不增不减。或者，让我住进你的心里，默然相爱寂静欢喜。

当你什么也没有说的时候，我只希望你能了解：就算你走得再远，累了，回头我就在你的身边。我还会像以前那样坐在篮球场里，在一旁落寞。

只要你记得：我爱你，可以为你哭，为你笑，可以为你癫狂，为你安静地坐在角落里落寞。

你像一道光打入我的生命，但同时你也是我悲伤的源泉。十年的光阴转瞬即逝，其实我想一辈子都爱你。你能记住这个愿意爱你一辈子的我吗？感情有时候只是一个人的事情，和任何人无关。

爱，或者不爱，只能自行了断。任何一件事情，只要心甘情愿，总是能够变得简单。

我爱你，仅此而已。（小贺）

月 下 ， 我 吟 给 你 的 话

二十岁的青春里，我为你书写下的痴恋，只愿做一朵花，为你绽放，为你播香。

夜悄临，鸟儿回家，憩息的百花。夜浓郁，风儿劲吹，舞摆的枝丫。夜娇媚，随乐音沁心脾。合眸，细细地将夜呼吸。柔美若潺潺的溪水，悠悠地淌在了夜的怀里。

愿在此刻做个贴心的女子，悄声将衣衫披上你宽阔的肩，沏一杯浓香的茶，放在你俯首的案。

紧紧地拥抱，在你的身后，站成一生的风景。合拢十指，将你的味道嗅进生命的轨道。

再唤你的名字，带着宠爱、一脸，带着我真切的渴望。深情地告诉你，为你，我愿摒弃所有，情愿等待。

二十岁的青春里，我为你书写下的痴恋，只愿做一朵花，为你绽放，为你播香。

一相逢，终难忘。我将你铭记，将你的眸眼刻入骨髓里。昼观夜看，我的相思变成一首长长的曲。时刻放声在我枯燥的世界里。

只想你答应我，不离去，不将我一人丢弃在这美丽却又哀伤的夜里。（小飞）

那 年 ， 那 景

以为忘却了那些旧时的风景，却不料，只要一个瞬间，回忆就会如潮水般涌来，
那些如诗如画的风景线，那个青葱岁月里你爱过的人，
依旧会沿着时间的卷轴，慢慢舒展开来。

那年，折好的纸飞机，已沉入时间的海洋里，带着我们的欢声笑
语，销声匿迹。

风一直吹，吹向我一直潜藏在回忆里的渡口，温柔地抚开了，那
片灿烂如阳的油菜花。

彼年，银铃般的笑声，迂回在那片开得如茶如火的花田里，随风
飘起的罗纱裙角，轻轻地抚摩着一朵朵的油菜花，你的指尖捏着涂满
颜色的纸飞机，对我笑颜如花。

如今，不知那片花海，是否还在一如既往地绽放？那个放逐纸飞
机的人，是否还站在那里？

　　一个，早已不沾染过往的人，以为忘却了那些旧时的风景，却不料，只要一个瞬间，回忆就会如潮水般涌来，那些如诗如画的风景线，那个青葱岁月里你爱过的人，依旧会沿着时间的卷轴，慢慢舒展开来。

　　那些曾经一起走过的坝头，被风化在那年的泥泞中。
　　那些曾经一起紧牵的十指，被散落在那年的欢声笑语中。

　　那些曾经一起荡过的秋千，被遗放在那年的水泥地上。
　　那些曾经一起喝过的冷饮，被埋葬在那年的深土里。

　　那些曾经的一切，都是那么的清晰。弹指间，即可触碰到那些零零散散的记忆。只是，现在想起来，总记不清，我们站在那年的哪个角落里，又是以怎样的姿态，去倾听那年的人和事的……
　　那年，我们在或不在，等或不等，念或不念……

　　如今，都会顺着自己人生的铁轨，一步步地走下去，直到临界终点。（清泪）

我 那 么 想 最 后 见 你 一 面

我生命中的温暖就这么多，全部给了你。

　　我意犹未尽地想起你，以及有关你的所有。凌晨的雨，五月城郊的热情阳光，教学楼西北角上的最后几级阶梯，在我醒过来之后你温和的容颜，还有我在七楼的窗台上喊出的你的名字，一切风逝。这些色彩游离的画面构成我失败的初恋的全部背景，像古代的壁画一样漫漶在岁月的抚摩之中。你写在沙滩上的犹豫被潮汐卷走，但是在我心中却镌铭如铜刻。

　　我想引用一句被说过很多次的话，我生命中的温暖就这么多，全部给了你，叫我以后怎么再对别人微笑。

　　十五岁那年绵柔的细腻心情在现实的逼迫中垂死挣扎，我在惶惶不可终日之中等待幸福的泅渡。我唯一的信仰就是能牵着你的手一直走下去，走到尽头再看错到哪里。这种单纯而且可爱的科幻一生只会有一次，它可以轻易地被扼杀在摇篮里。

在学色彩的时候，导师说过，水粉画中的灰色不是指黑白相间的灰色，是指无数种颜色相混，这种很灰的背景能凸现层次感，使背景衬布退下去，导师也很称赞我对灰色的运用。而我只是觉得这种颜色像极了我的成长，斑斓成模糊一片。

我在最后的离别时刻，听见自己骨节拔高的声音，细胞分裂时的声音，不停地掉屑，齿轮在坚硬地磨合，可是疼痛已经不再切肤。我想告别你的那天晚上，是漫天的霾雨，窗外嘈杂一片。

我那么想最后见你一面啊，那么想。（七堇年）

卷 六

睡在回忆里的风景

我们不停地翻弄着回忆，却再也找不回那时的自己。

纯 白 记 忆

忽然很想念纯白的笑靥，想念纯白的手帕，
想念那个穿着纯白色的碎花裙的少女和她纯白的记忆。

　　青春里的岁月最美好，青春里的个性最张扬。我们都曾有过青春
年少，有过肆无忌惮的岁月。

　　我们挽留的也许是青春的一次感动，我们期待的也许是青春的一
次幻梦。忽然很想念纯白的笑靥，想念纯白的手帕，想念那个穿着纯
白色的碎花裙的少女和她纯白的记忆。

　　走在熙熙攘攘的大街上，我一身素装，一面素颜。喜欢纯净的浅
夏，喜欢柔柔的清风，喜欢刺眼的阳光。一场温暖花开，醉了谁的身
心？一次别情爽欢，明了谁的双眸？一个明媚回首，苍白了谁的等

待？望着开得盛宴的百花，我恍惚了。白的似雪，红的似火，黄的赛金，争奇斗艳，纷扰了我的世界。

这花，笑得灿烂，宛如出水脱俗的少女，令人爱怜。这花里，编写着谁的絮语，又抑或潜藏了谁的心事？为何绽放得那样浓烈，足够让我窒息，让我误认为到了一个远离人世的世界，和陶渊明一样，有着"采菊东篱下，悠然见南山"的悠闲与自在。

终明了，花的世界，有她的明媚。而，我的生活中，没有那么洒脱。

我的记忆很小，小到只能容下一个人的位置。懵懂青春的周围充斥着叛逆的氛围，我习惯用深深的沉默来故作坚强，还一直自诩自己是打不倒的小强，可是，我内心深处不会一直坚强下去，总会感到心累，总会感伤岁月蹉跎，匆匆失去的岁月。

忘不了你的模样，忘不了你的热情，忘不了你的温柔。

你总是那么让人轻易失去了言语，只有静默地注视。你仿佛是高山之巅下来的才子，那么无懈可击，只有爱羡。然，岁月的年轮辗过了我们的青春，终是挽回不了，最后分道扬镳的结局。在学业的道路上愈走愈远，再无相交。

　　只此，便让我深深地追忆。一场情事，变成了无言的结局。为
何，人生总是有那么多残缺的结局，总是搅人心碎？如若可以，给我
一个剪辑，让我安静地遗忘。

　　花开荼蘼，青春散场。我的念白，有谁还记得？我的殇，有谁还
念记？

　　那个明媚的夏天，我们开始了并肩奋斗的征程，在这个明媚的夏
天，我们来了一个大雁各自飞的宿命。

　　花呢，也逃不过宿命的安排，秋落冬枯，凋零了，拼凑不成
当初。

　　最后的最后，不过是一场缄默，曲终人散，花开荼蘼情未了。

（离岛晴空）

流 年 寂 寂 ， 青 春 搁 了 浅

不经意，问候一句流年，有时就像问候一下老朋友那么简单。

　　幽幽夜色中，雨点嗒嗒地落着。在街面上，撑着伞走过，没风景可寻的晚上，一个人行迹匆匆。

　　无形的枷锁挽留着一抹熟悉的身影，接轨的往昔为一段苍白的记忆补着妆，渐浮的画面在头脑中勾勒着那年青春的轮廓。

　　那年青春，谁的谈吐潇洒着青春的时光，时而讴歌给故事加码，时而唱喏为古典作韵，时而浅吟如逍遥遗叹。

　　流年寂寂，青春搁了浅，随意挥霍的光阴，一直埋藏心底，此刻，又能向谁说道？

脑海中，一瞬间忽然盘旋着她的身影，渐渐向远。明知年少的光阴已经过去，又何必再耿耿于怀，既然彼此已经远走天涯，就不该再有什么奢望，不如留给心儿一片模糊的影像。

不经意，问候一句流年，有时就像问候一下老朋友那么简单。原本已经不再憧憬，却又无法按捺那份属于青春的悸动。想着昨日的黄昏，彼此心照不宣，只为曾执手走过的似水年华。

想着昨日的黎明，盼着初升的曙光，渲染一番已经过去的梦魇。镜中的光阴易逝，悸动的青春却才刚刚起卷。

教室的灯灭了，散漫的课堂，微露的月光，协调着青春皎好的容颜绽放。故事渐老，镶着童话的银边，在挤着的角落里流转，那一夜他记住了西窗下那咯咯笑着的声音，清脆悦耳，如婉转的黄莺儿。教室的灯渐亮了起来，一个身影走了进来，黑板上跳动的音符汇成了青春的笔触，那一夜演讲的主题依旧是炫动的青春，那一夜他记住了讲台前那挥洒着的身影，如一幅只属于江南的山水画，朴素自然。

坐在了一起之后，他时常听得到她唇边吟唱着《一直很安静》，在元旦晚会的时候，他默默为她唱了这一首，恐怕这辈子他能唱得来的只有这首歌。

走在了一起之后，他终于懂得那天，她为何独在黑板上写着"众里寻他千百度，蓦然回首，那人却在灯火阑珊处"，为何总当着全班同学的面叫他起来诵读那美丽的段落。昨夜西风凋碧树，去雁徘徊，依旧南下。

记得离别的那天，祝福在耳畔回荡着，那一年他选择了复读，只为一朝南下。而她在校门口徘徊着，一眼就望见了他，在那狭窄的空间里，他已无法躲藏。慢慢靠近她，却又不知说些什么好，嘴角边依旧留着那份笑容。沉默的时候，她已经一路往北，寻梦渐远。他呢，望着她的背影，惦着那梦里的江南。

悸动的青春却从此住了脚，旬日后，他也跟着淡忘了起来。熟悉的校园，熟悉的小径，只有一个人的脚步。

渐掩上了青春的画卷，一个人的时候，他开始失眠。一点点长大，他渐发现童年时的幻想越来越遥不可及，就算是梦总要醒的，可是那份渴望再也无力拾起；渐合上了青春的相册，一个人的时候，他开始失忆。

一天天过去，他渐懂得青春时的爱情模糊却美好，哪怕当初只是暗恋，彼此心灵上的碰撞却难以磨灭。当青春逝去，路只剩下一个人走，又还能走多远，他反复地问着自己。孤单守望着冷月孤星，相思纵寂寞，路依旧漫长，过去的只是回忆，走来的却是一大段人生。

宁静的夜色下，街灯略显得昏暗。雨灰蒙蒙地落着，偶结的梦魇被一股思绪带走，凝结在昨天的画面里。"南下的旅程，不是很漫长，却时时刻刻想象着能和你一起去远行"，情人依偎的样子还残留在那晚的记忆里，"努力想象着你一开始的模样，渐忘了些细节，除了腮边那浅浅的酒窝，似花绽放，如叶缤纷"。

青春不是麻醉药，不管那年青春别了谁，我们都要跟心有一个约定，十年后，二十年后，希望还能记得那个可爱的女孩。

日子久了，你会明白的，青春它只是一味解药，不管你是否还在悔恨着彼此缘分太浅，青春会劝你不必慌张，与其借酒精麻醉自己，不如调和那日渐空虚的灵魂。

青春好比一面镜子，容颜渐老在里边，但那模样曾经皎好过，又何必叹老光阴。匆匆翻过那年青春，不管别了谁，想起了谁，就向她问候一声，只当一次远别重逢。

匆匆走过那年青春，在街面上漫步，会有一抹身影看着眼熟，过去搭讪，就当她是旧日相识好了。这遭青春，我们没有忘了自己，也没有忘记她，好久不见。（佚名）

唯 愿 无 事 且 怀 念

时光荏苒，记忆芳菲褪尽，我竟也忘了当初喜欢你究竟是怎样的一种心情了，
只知道那时候喜欢你是真的，此生非你不嫁的勇气也是真的，
想要与你白首到老的决心也是真的。

　　冬日清寒的午后下起了微微的雨，我独坐窗前静听雨打灌木沙沙
作响，琐碎的思绪随风肆意流转，记忆里荒芜已久的黯淡了的旧日时
光缱绻成结缓缓地攀上了我的肩，却诧异地发现当初我以为遥远而没
有任何形状的明天，如今早已从咫尺天涯安然地站在我的面前。

　　我在一片回忆的狼藉里无情地被推上了末年时光的路上，心里却
积存了太多的创伤且身负不堪沉重的过往跟跄前行，仍还要在最短的
时间里卸下这一年风雨兼程的疲惫与不堪，以一种安然且美好的姿态
去迎接来年岁月里所有崭新的日子，就像蝉脱去年月里日渐坚韧厚重
的旧壳一样的漫长疼痛，却是为了更好地成长。

　　除此之外，我别无选择。

　　时光荏苒，记忆芳菲褪尽，我竟也忘了当初喜欢你究竟是怎样的一种心情了，只知道那时候喜欢你是真的，此生非你不嫁的勇气也是真的，想要与你白首到老的决心也是真的，任我怎么也没有想到伴随十几载年少狂妄时光的一厢情愿，终于在癸巳鸣蜩的盛夏五月戛然而止，那些与你肩并着肩一起走过的漫漫年月，大概你从未认真地注视过我的眼睛，我把我最沉默的心事都放在哪里了，你也许知道抑或是不愿知道。

　　这一年的前奏我还妄想着凭借着那么些年与你惨淡的交情出现在你缜密的人生计划里，陪你一同蹒跚前行走过平淡的流年，可到头来终究是盛情换来一场空的无谓虚妄。
　　来年的日子里我想无事也不会平白地出现在你的生命里，只是我还是会想你，而熬夜写下一封长长的信，却是我自以为是的最后一点点温暖的怀念。

　　未来的你也许有一天会依旧如往日般文质彬彬温文尔雅的清秀少年抑或是变得油光满面大腹翩翩的庸俗世人，也许我也难逃时光的掌控沦落至此，但都与现在的彼此无关了。

你终究只是我生命里一个匆忙的过客，我也不是你转山转水转佛塔后最终的归处。

现在是北京时间十二月二十九日凌晨五十四分，我在这灯火渐尽的城市回想那些与你走过的细枝末节，尽管甚少可我也不知道怎么的竟也想念了好多年，我很清楚这样的念想终归有一天会如我喜欢你的那些年一样无疾而终，即便是有再多的不甘心也都作罢。

再过几天就已是 2015 年了，一个没有你的一年还有此后的很多年，我想我的喜欢与想念都已到此为止了，你离我太遥远了，原谅我不能目送你走过很多很多的地方了，我对你已做不了更多了，只愿你此生平安。

最后，唯愿叙述能够代替记忆，更远地延续这一年静默的故事，只是纪念，仅此而已。（乔雨未央）

陪 我 走 过 青 春 的 那 个 人

为什么在年少时，不懂得珍惜，十年的感情，十年的风雨，我们一起走过。
对不起的，不只是你，还有我们的青春。

　　你的青春谁陪你走过？感谢那个陪你走过青春的人吧！不管是苦
是甜还是涩，那将是一段无法替代的回忆。记得珍惜那个在你一无所
有的时候陪你走过青春的那个人，即便不能成为情人，也要努力成为
朋友。

　　为什么在年少时，不懂得珍惜，十年的感情，十年的风雨，我们
一起走过。对不起的，不只是你，还有我们的青春。

　　"为什么人都要经历痛苦和悲伤，失去最珍惜的，然后才学会长
大。才能懂得如何去爱与被爱，让那些痛苦和悲伤换来幸福，值得
吗？心碎了，梦醒了。所有的坚持最后化为一段记忆，永远会在心里

隐隐作痛。在眼泪即将掉下的那一刻，抬起头，嘴角向上扬。这就是生活。"

　　看到你写的话，知道你肯定很难受，很寒心。其实我不敢告诉你，我一直在看着你，关注你的心情。想到这里，真的很心疼，却不敢告诉你。

　　伤害了你，就算有再多的理由，我都不该。你自己一个人偷偷抽泣的样子总是在我脑海徘徊，让我心如刀割。我很明白，这是背叛者的下场，所以，任何的惩罚我都接受，只希望能赎回我的过错。

　　我们都知道，我们回不去了，就像我们逝去的青春。我也知道，你一直在等我，等我回去，可我不想再伤害你了，也不想伤害别人。你现在肯定绝望透了，希望你能忘了我，去开始自己新的生活。

　　青春注定充满了遗憾，就像我们的感情。分分合合，都是因为年少无知，不懂得珍惜。

　　而现在，经历了痛苦的折磨，经历了风风雨雨，你的身边，已经没有我了。不敢想你以后过得怎么样。真的很担心你以后的日子，会不会有人欺负你，到时候有没有人帮你，有没有人再伤害你，一想到这，心就会很疼。我知道，我不配。

而我，也许到死也会怀着对你的愧疚，去另一个世界。

醉过才知酒浓，爱过才知情重。你不能作我的诗，正如我不能做你的梦。（佚名）

睡 在 回 忆 里 的 风 景

两根敏感的神经共同吊起那紫色的铜铃，谁也不愿去碰，唯恐，惊动了爱情。

两根敏感的神经共同吊起那紫色的铜铃，谁也不愿去碰，唯恐，惊动了爱情。

青春里的些许悸动，似乎已然定格在昔日的征程。在某个熟悉的角落，谁又洒下了谁的曾经。再华美的辞章，也抵不过那颗许过愿的流星。而你模糊了的初恋，意外地存留下了愈加清晰的风景。

总喜欢，在夏天做一场秋日的梦。怎么会，相信目光无意的交织，竟会写下瞬间的永恒。我想一个人，到两个人的风景里走走，去去留留，放放收收。

我叹服你的素颜，独坐着看那天空的遥远。看不见的风景，梦蝶在想象之中。说过的，不煽情，依稀里听到了你的伤声。不后悔陪你看最后的散场电影，浅唱过后，你又走过了几个清明。风景里我铺下了你的笑容，花落的旋律，伴着零碎的原声。没有繁杂，一切归于预设的平静。

学着用自定义的文言，把熟睡的风景叫醒。徘徊在回忆的边缘，懒得前行。还记得那首庐州月，还记得我们的许嵩。太多的伤，难诉衷肠，也许真的要像歌声里那样，叹一句当时只道是寻常。

碎语摇曳，惊扰了那抹韶光，而今的你又在谁的身旁？温习着你的模样，我用狂草写下一曲离殇。北方的冬，已是寒风凛冽，落叶微黄，散落的风景，又怎的安放。

甲骨上铭刻着的诺言，你是否遗忘。思念在发烫，过于的张狂，你还是残留在我心底里微弱的信仰。渐却了夕阳，我想抹一荷淡雅的红妆，折放在心中，为你存放。

那张宣纸过于的清晰，熟悉得让我难以运笔，笨拙的行楷，写不出你我的距离。笔墨含香，久违的文字我想了又想，寄去的一叶烟云，是我最后一次为你梳的妆。走的路好疲惫好漫长，我却不知道，自己为什么要选择来到北方。

　　或许是命运在跟我捉迷藏，我的伤感，难道是为这个冬天做的陪葬。细数着儿时的欢乐，少年的狂，多少人一样却又不一样。走过的，还在回望，怎样的一段回忆，如何的风景，我不再想。

　　再勾一笔折锋，岁月在捉弄，我们的匆匆。没有放下什么，唯独那一帘风景。我们合拍的故事，谁又能够读懂？散落在记忆的角落，谁又能记起，那场剧情，没有剧终。

　　你劝我不要把氛围搞得那么凄清，不过是一段回忆一抹风景。听一曲琵琶，再续上几弦古筝，你给的梦，朦朦胧胧。反方向的钟，已拾不起，那停格的内容。

　　不想去惊扰，不想去叫醒。睡在回忆里的风景，我不再拆封。

（张恩尧）

你 若 安 好 ， 我 便 安 然

那样一个梦幻式的初恋，永远留在青春的年华里，随风而去，无影无踪。

一夜里春风吹不尽的相思，夜夜梦里都是你与我的情话，望不尽的似水流年，在遥远的以前飞到我的身边，是你。

想望处，你的容颜，你的发香，你的嗓音，沾染了青春的气息，如春天清凉的风，缠缠绵绵向我涌来，包裹着我的全身，湿润了我的眼睛，迷醉了我的思念。

一芳青草，一芳绿，一念执着，一念情。想不到多年以后，你还是你，我还是我，相貌没有改变多少，只是岁月的痕迹，风干了你我的容颜，留下了眼角的鱼尾纹，虽然是淡淡的，不化妆的时候，却能仔仔细细看得清楚。

　　岁月流逝，芳华不再，留下的是你我日渐苍老的容颜。无尽的相思，无尽的梦，还有多少个日子，我们能在一起相聚，还有多少年光阴，我们能相守相依，那些年，我们依然朝气蓬勃的自己，到哪儿去了？冥想、怀念、叹息、泪流。

　　春风里，一如既往的平静，清凉里藏着热闹的芳香。花儿，红的、紫的、粉的、黄的，开放在眼前，跳跃着春的兴高采烈，昭示着春的欢天喜地。

　　看着路上来来往往的人群里，那些穿着花花绿绿的年青人，不禁想起那些年青春年少的我们。

　　春的芳香，从花间吹来，回忆着年青时的点点滴滴，我们的青春，仰望天，俯瞰地，拥抱鸟语花香的美丽，俏皮着一眨眼的微笑，如今在相册里已被岁月的痕迹熏染了点点黄斑，可是四目相视而笑的情谊，永远留存心底，永不褪色。

　　泛不尽春情，恋不尽的情谊，数不尽的初恋的忧伤。春光融融的山角下，阳光轻轻地摩挲着我们稚嫩的脸庞，我们回报它以最情真意切的笑脸。我们手拉手，哼着熟悉动人的欢歌乐曲，一步步朝山的高处登去。

一路芳草依依，江南的青草绿，宛如年少的我们，充盈着生机勃勃的生命气息。江南的泉水清，从高高的山谷倾泻而下，拨动了我们为文而生的心弦，恨不得，将李白"疑似银河落九天"的震撼与绝美，以自己最陶醉的方式，流淌一份清新的山泉在日记里，镌刻一份永恒的美丽在心底。

在云水的最深处，爱上那绝美的倾城时光；在缥缈的云雾山中，铭记"雾里看花"的虚幻与浪漫；在脉脉山泉下的碧水中，眷恋那一水盈盈的温柔。山路崎岖，阶梯陡峭，滑中有险，险中却有旖旎风光无数，却有相互搀扶的真心情谊。

看山顶风光，太阳热烈地朝我们欢呼，用它的温暖回报我们艰辛的旅程，山儿连绵，树林层叠有序，泛着青青绿光，闪亮着我们的眼睛，清新了我们的心灵，为自己的杂念营造一份纯净开阔的天空。

我们欢呼着，我们唱着春天的歌谣，为我们那永存心间的风景，为我们永恒不变的情谊，为我们永怀心中的青春。

春花秋月，几时有？盈盈顾盼，两回眸。貌美如花的少女，英俊倜傥的男孩，被对方的纯真可爱所吸引，少女那水仙一般的圣洁清香，男孩那青草一般的帅气夺目，让彼此的心都盛开一朵娇羞的花来。不时地，上课偷偷地看对方一眼，或是课后一起在图书馆里同阅一本徐志摩的爱情小诗，约定放学后一起在公园赏晚霞落日。为了同一个梦想，长大以后永远在一起，可是多数都因高考的失利、距离的遥远、观念的转变，那样一个梦幻式的初恋，永远留在青春的年华里，随风而去，无影无踪。

多年以后，我听着《同桌的你》，年轻时的画面又渐渐浮在脑海，由模糊到清晰，翻开自己以前的日志，写的都是我们的笑，我们的泪，我们的梦想，我们一起哼过的歌，看过的风景，彼此的共鸣，彼此的誓言，深深地印记在内心深处，那个距离我们很遥远又很近的地方。不知如今的你，可好？（佚名）

岁 月 静 好 ， 物 是 人 非

岁月静好，时光轻和，吻我已歌，
曾经，我把所有对你的深爱，都当成秘密一样保守，
纵使太多的包容，怎能舍得你受半点伤害和委屈，
有时候，我愿望着，你能读懂那么一点点，可又怕你看穿。

　　有时候，望着远方的天空，呆呆的，满满全是心情，曾几何时起，自己变得如此忧伤，怎么也找不回往日的笑脸，天空下的自己，仿佛早已经被世界抛弃，满心伤怀的心，突然之间冷冰冰的，空荡荡的心房里再也储藏不住这种叫作忧伤的东西，远方、我到不了的幸福。

　　彼年豆蔻，曾许下地老天荒，这一生，只因爱你，可现实有着太多的无奈，最后，却还是要离开，留下我独自在这个废弃的城市里，潜藏一个角落，一个人慢慢来习惯，没有你，就算给我全世界，又能如何呢？

岁月静好，时光轻和，吻我已歌，曾经，我把所有对你的深爱，都当成秘密一样保守，纵使太多的包容，怎能舍得你受半点伤害和委屈，有时候，我愿望着，你能读懂那么一点点，可又怕你看穿，亲爱的，这条路，我们走的虽然没有辛辣，可有太多的甜蜜，苦涩淡淡的幸福，就这样，你还舍得离开我吗？

时光太短，等待太远，我是一个最怕分离的人，你还记得；我曾在文字里说过，分离就像钢针一样刺进我的骨髓，没有伤害，没有选择，悄然无息，伤痛无比，叫我怎么去慢慢愈合。

失恋对于一个男人来讲，并不算什么，听人常说，一个没有打过败仗的将军并不是一个好将军，一个没有失过恋的男人，他并不完美。我不求自己有多完美，只求爱你，因从未离开。

那些似水之流年，好想让它们与我生死不离。在青春唯美的草地上，坐看云起，行至山穷水尽，牵着你的手，去看那个叫幸福的城堡，彼此相依相偎，相知相惜，把每一天都当成末日来爱你，在火车飞速的轨道上，牵着你的手，看那个远方，属于我们的未来，一起努力只为将来。

你是我那遥不可及的梦，梦里回不到过去，看不到未来，怎知结果如何呢？温暖忧伤忆往昔，那青春的岁月，哪舍得舍不得地留给回忆，没有委屈，我不会再挽留，即使再多的挽留也迫于你父母给你的无奈，宝贝，回家的票我买了，是时候了，你走吧。

如果有伤心，我祈求，满满全部装给我，因为我，会慢慢习惯。

爱情里，我百转千回地寻找过，却发现没有任何能代替你，来驱走你在我心底的烙印，可这份爱情，已根深蒂固地铭刻在我生命的航班上，再也无法驱逐，无法逃离。

太多的心疼，也许，有一天，你的影子会走，也许将永生烙印在我的记忆里。我不曾恨你，只是在某一个醒来的清晨里，满怀的心疼，心疼那个爱着的你。

最后，告诉自己，一切都是命运，犹如烟云。没有结局的开始，注定都是稍纵即逝的追寻。所有的遇见都是初逢，在爱情的天国里，一切往事都在梦中，把所有的希望都带着注释，拘谨的信仰都带着呻吟，给心片刻的宁静。

转身间便是天涯，从此愿岁月静好，现世安稳，愿下一站，幸福。（流浪使者）

总 有 一 段 无 言 的 悲 伤

那些年，我们心中都有一份无人知晓的情感，爱过一个人胜似爱自己。

有一个地方，一直都在旅途中，在风景里，有一个擦肩，有一场邂逅，总以为：只要遇见了，就不会离开。有一个人，真心爱过了，爱得那般心疼，那般牵挂于心。总以为，只要付出了我所有的真心，总会换回在乎，那么一点点的安慰即可。

突然有一天，远走了，离开了，一辈子都不想再去提起，提起那段悲伤的存在。总以为忘记很容易，而却要用一辈子。

那些刻骨铭心，那些撕心裂肺，那一段倾尽所有的感情，住在了心里的房牢。告别在生活的回忆中，忆起、心碎，明明知道是错过了，却还有在心里留着一个位置。

　　那些年，我们都有一个梦，曾为心中的那份梦，执着过，有过心酸和痛楚。

　　那些年，我们心中都有一份无人知晓的情感，爱过一个人胜似爱自己。总以为那样，所有的一切都值得。很多年后，当再一次，在记忆翻卷时，才发现，那时候，那些停驻在回忆中的故事，是那么的可笑和幼稚。那么一段幸福的曾经，早已在记忆的颜色里，在时间的变迁里，枯黄如落叶。从前，曾经，一直都后来的后来，我们都懂了，总有一段悲伤，不愿意再提起。

　　行一程山水，静看似水流年，许许多多飘落在季节枝头的眷恋，是那年风吹过的秋天，或许是留下了太多幸福过的画面，让悲伤的眼眸，凝聚在冰封的情感中，穿越了紧固的心门。

　　其实，很多冥冥之中注定好的相逢，在悲伤的日子里，成为最不想掀起的一帘忧伤，如烟如故，如梦如初，无论任思绪如何渲染，都不敢忆起流年中的几经伤痛，如同一份眷恋，珍藏了好久，终会成为心碎的薄凉，步履着岁月流逝的河流，幻化成了永远无法交织的孤独和寂寞，在一瞬间的璀璨里，成为过往云烟，再也不愿提起的一段悲伤。

　　浅笑离愁，婉转牵绊，就好像悲伤这场盛宴，曾在无数的执念中，写满了太多的泪痕，在流年荒芜的画里，一笑而过，那些缘深缘浅终将缘来缘去，彻悟了思情的逐情，世间并没有天长地久，地老天荒，那些曾一段华丽的对望，是悲伤里浅笑的云卷云舒，花开花落。

　　或许每个人的青春都曾这样，有些悲伤，假装不去想，就会淡忘。一段时光，一个片段，一段悲伤，一段无言，共谱着生命的年华，在沉静中释然了一份懂得。

　　光阴荏苒的瞬间，又是一个秋风四起，枫叶飘零的季节，悲伤又能奈我如何？漫漫人生长路，总有一段无言的悲伤，有关一个爱过的人，不再提起。（夜聆离殇）

谁 是 过 客 ，　谁 是 定 格

当青春转身向背，渐行渐远时，我们开始拼命地怀念，怀念，那些人，那些事，
那段与青春有关的日子，这就是我们的青春，耀眼的，黯淡的。

　　颠沛流离的年代，青春，散场了。青春，是一段你可以肆意挥霍
的时光，爱了，痛了，哭了，笑了，然后你就真的成熟了，青春也就
没有了。

　　当青春转身向背，渐行渐远时，我们开始拼命地怀念，怀念，那
些人，那些事，那段与青春有关的日子，这就是我们的青春，耀眼
的，黯淡的。

　　青春是人生的实验课，错也错得很值得，就算某天唱起这首歌，
眼眶会有一点湿了。这就是我们的青春，迷茫的，荷尔蒙沸腾的。

　　你曾出现在谁的青春故事里，你的青春故事里谁又出现过，谁是

过客，谁是定格。

　　谢谢匆匆而过的你，教会我面对，教会我勇敢，教会我爱；谢谢一直陪伴的你，给予我温暖，给予我支持，给予我爱；谢谢你在那一季的停留，谢谢你在那一季的陪伴；谢谢你来过，谢谢你离开。

　　这就是我们的青春，甜美的，伤痛的。

　　把那些不管不顾的勇气留在一字开头的年岁。这就是我们的青春，肆意的，冲动的。那些花儿，那些岁月，就这样，散落了，只是，我还会在这里，一直，永远。（佚名）

流 年 若 水 ， 往 事 成 念

每一个关于年轻的故事都有微笑的心疼。

午后的阳光，好温柔，好暖和；午后的心情，很安静，很平和。我趴在书桌上，听着时间嘀嗒走的声音，看墙壁那慢慢移动的光影。

数年之后，再次看到这般景象，真的要感叹时间的快。那时候，你还在我身边，经常陪我散步、逛街，到处游玩；而今，早已没了你的消息。

又是一年的冬天，不再见你的身影，只我一人在这安静的午后，怀念。

那一些俏皮的谈话，依然是百看不厌；那些熟悉的旋律，依旧是百听不腻；那一丝丝纯净的空气，只有我知道是属于谁的。

　　青涩的过往，渐渐逝去，大片的青春时光只能搁浅在心海里；欢声笑语，早已不见旧时影，将来只能在梦里看见；唯美风景，曾道是平常，如今却满是缅怀的心思。

　　心有千言，不知对谁说起，深知那人已走出了我的世界；万般心绪，想要落笔，却不知道从哪里写起。

　　场景定格在时间的沙漏里，遇见，在不同的时空里演绎着。

　　看，那一朵花还开得那么灿烂，听，那一首歌还在单曲循环着，你可知，每一个冬夜都会有想念的微笑；你可知，每一个关于年轻的故事都有微笑的心疼。（南国微笑）

时 光 对 我 说 ， 都 是 无 心 的 过

我这一生唯一遗憾的事，就是不能再遇见你。

　　曾经的我感觉爱情就是一生一世，后来我才发现，一生一世的并不一定就是爱情，对我而言，与你短短几年，就是一生一世。

　　我很想忘记你，却又害怕真的忘了你，当初多么勇敢才爱上你，多么勇敢，才放弃你。我曾经爱过一个人，虽然只是空弹一曲，与你之后我不会再有完整的爱情，就算现在再喜欢一个人，我也会诸多保留，小心的不让自己受伤，再也无法像从前那样奋不顾身。

　　偶尔跟着朋友在一起聊天，我们会诉说起那个年少的我们喜欢过的少年。我们在长大，我们都该有了责任，我们不但为对方着想，也要为这以后着想，双方的家庭，你看看你现在能给的是多少。我承认

年少时我们的不懂事，我们不畏惧地在一起，最后都伤痕累累，我们
受伤，以至于把爱情当成了儿戏。

　　看着身边的人一对一对，我真心为她们感动欣慰，至少他们还是
相爱的。虽说我们当初也是相爱的，但是还是不欢而散，曾经我的心
也那般酸疼，想起你就难以控制住自己。虽说她们的爱情也会有
分离。

　　我在想一个人劝说另个人会比较明了，当自己遇见就无法逃避，
还是那么心酸去面对，纵使自己过了多久还是不能释怀，有时候会半
夜哭泣，想起你我的点点滴滴，几年的时间，不是说忘就能忘得，你
爱的那个人还在不在你身边，我爱的你已不在我身边了。

　　不知道什么开始我也过着这么淡然的生活，我一个人的生活安静
得仿佛就没有人走进过，但是我清晰记得曾经有一个少年住在我心里
好多年。

　　从他离开以后，我便开始学会忘记，在你那我学会了珍惜，我学
会了关心，怎么你还是走了，你是不是不回来了，你记得你曾经说过
什么吗？

　　你说的是一辈子的，你说你不会离开的，你说还会回来的，你说

我陪了你那么久，你说你说，都是你说的。

　　承诺在你眼里已经不算什么了，在我心里都已经泛了旧。

　　你还知道不知道，我们第一次相遇，你有多无赖。如果不是我曾
经执着的等候，或许我也就不会受这么大的伤。她们说我不会爱，我
承认，我确实不会爱，我只会傻傻地在背后看着自己爱的人跟别
人好。

　　我连爱的勇气都没有，我对爱情是恐惧的，我害怕爱。我想会有
一天会有人代替你在我心里的位置，那会是多少年以后的事了。

　　终会有一天我会爱上别人，终有一天我的心里会有了别人的位
置，只是或许那个位置早已不存在，也许会被一个不知名的少年占了
很久很久。毕竟爱一个人不是那么容易忘记，也许这一辈子都忘不
掉。我这一生唯一遗憾的事，就是不能再遇见你。（夏凉）

版权声明

　　我社编辑出版的《说了再见之后，再也没见》，由于无法与部分权利人取得联系，为了尊重作者权益，我方委托北京版权代理有限责任公司向权利人转付稿酬。本书的作者请与北京版权代理有限责任公司联系并领取稿酬。

联系方式如下：

北京版权代理有限责任公司

北京市海淀区知春路 23 号量子银座 1403 房间

邮编：100083

联系人：张艳

电话：133 1133 9559

QQ：603454598

邮箱：603454598@qq.com

现代出版社有限公司

图书在版编目（CIP）数据

说了再见之后，再也没见 / 万诗语主编. 一 北京：
现代出版社，2015.7（2019.1 重印）
ISBN 978-7-5143-3316-9

Ⅰ.①说⋯　Ⅱ.①万⋯　Ⅲ.①散文集–中国–当代
Ⅳ.①I267

中国版本图书馆 CIP 数据核字（2015）第 049100 号

说了再见之后，再也没见

编　　著	万诗语	
责任编辑	赵海燕	
出版发行	现代出版社	
通讯地址	北京市安定门外安华里 504 号	
邮政编码	100011	
电　　话	010–64267325　64245264（传真）	
网　　址	www.1980xd.com	
电子邮箱	xiandai@vip.sina.com	
印　　刷	辽宁星海彩色印刷有限公司	
开　　本	880×1230　1/32	
印　　张	8.5	
版　　次	2015 年 7 月第 1 版　2019 年 1 月第 2 次印刷	
书　　号	ISBN 978–7–5143–3316–9	
定　　价	39.80 元	